그 분홍 노을

그리고 **초보 육아자로** 산
—
다

그
분
홍
노
을

신량

yeon
doo

차례

난 네게 어떤 사람이 될까

다정한 내 딸, 은우야!

네게 편지를 쓰려고 빈 페이지를 꺼내놓은 지 보름이 지났어. 깜박이는 커서를 보며 쏟아지는 말들을 골라보지만, 막상 네게 어떤 말을 해야 할지 머뭇거리게 되더라. 넘치는 마음과 말 가운데 진심을 고른다는 게 이렇게 어렵나 하면서 말이야. 어쩌면 이 무한한 마음의 말은 영원히 정의할 수 없을지도 모르겠다는 생각이 들었어. 무작정 사랑한다고 하면 이 말이 가벼워지진 않을지, 무수한 약속을 뱉으면 네게 부담돼 어느 순간엔 지레 겁을 내지 않을까 싶어서 말이야.

처음 너와 내 얘기를 세상에 내놓기로 했을 때도 그랬어. 깜박이는 커서를 넋 놓고 보며 얼마나 긴 시간을 보냈는지 몰라. 그러다 자판 위에서 손이 움직이기 시작한 건 오롯이 너와 내 순간을 담자고 다짐했을 때부터야.

은우야, 순간은 소중하단다. 순간이 모여 커다란 그림이 되기도 하지만, 쉽사리 손 틈으로 빠져나가기도 하는 게 순간이야. 그래서 우린 그 조그만 찰나들을 순간마다 느끼며 아껴야 해. 이따금 '난 네게 어떤 사람일까?'라고 생각해봐. 이보다 오랜 시간이 지나 더 먼 내일이 되면 이런 생각을 하는 날이 더 많아지겠지. 네가 조그만 등허리에 가방을 메고 학교에 입학하는 날, 정해진 교육 과정을 마치고 졸업하는 날, 성년이 돼 누군가에게 꽃을 한아름 받아들고 오는 날, 첫 사회생활을 하고 이별을 하고 사랑을 하는 크고 작은 모든 순간에 네가 잠든 한밤이 되면 어둠 가운데 오독하게 남아 나 자신에게 가만 물어보겠지. '난 네게 어떤 사람이었을까?' 그럴 때 이 모든 질문의 무게가 가벼워질 만큼 난 네게 그저 순간을 함께하는 사람이길 바라. 자칫 흩어질 수 있는 그 모든 순간을 때론 그저 묵묵히 웃으며 함께 걷는 친구처럼, 때론 어둠 가운데 유일하게 빛을 내는 샛별처럼 너와 함께 꼭 붙들며 함께 울고 웃던 사람으로.

그럼 우리가 마주하게 될 그 모든 처음과 끝의 순간에 오롯이 빙긋 웃는 시간들만 굳건히 남겠지.

넌 내게 빛이란다. 어느 봄밤에 어둠 가운데 길을 걷는데 네가 고사리 손으로 만든 반딧불이 손전등을 가만 내 발등에 비추며 길을 밝혀주더구나. 듬직한 무게로 내 등에 업힌 채로. 그 체온이 얼마나 따뜻하던지 난 네가 무거운 것도 잊고 오래도록 밤길을 걸었단다. 빛같이 환한 그 얼굴로 낮에는 괜찮은 어른으로 나를 키우고 밤이면 너 자신도 미처 모를 거대한 힘으로 나를 지키는 넌 아주 어린 아가일 때부터 지금껏 나를 키워왔단다.

깜박이는 커서를 지켜보는 동안 너와 내가 지난여름부터 키운 아보카도 나무가 시들해져 내심 걱정이 앞섰는데 물주고 바람결에 맡겨두니 어느새 또 새순을 틔우는 걸 보고 반가웠어. 아마도 물과 바람과 볕, 그리고 뿌리의 힘이겠지. 넌 그렇게 물과 바람과 볕이 키워내는 힘으로 자라기를 바라. 밝고 맑고 건강한 것들 틈에서. 그 사이 난 네가 넘어지지 않도록 어둠 가운데서도 너를 단단히 붙드는 뿌리가 될게.

너를 키우며 세상에 힘 있다 믿었던 모든 것이 얼마나 연약한 것이었는지 생각할 때가 여러 번이었어. 그중 내가 그토록 기대던 말과 글도 있었지. 어쩌면 가벼울지도 모를 이토록 힘없는 말에 힘을 줘 모든 마음을 담을게. 사랑하고 사랑한단다. 무한한 힘, 빛나는 별, 내 아름다운 아가야.

○ 1부 | 여자와 엄마 그리고 육아자

괜찮아질 거예요

찬바람이 불기 시작하면 촉을 세우고 바짝 긴장한다. 아이의 기침과 싸우는 계절이다. 올여름에 아이는 천식 확진을 받았다. 짧은 검사였다. 아이에게 호흡기 모양의 마스크를 씌운 채 천식 증상의 원인이 되는 물질을 조금씩 투약해 반응을 살피는 호흡기 검사였다. 검사 도중 의사는 고개를 갸웃갸웃 하더니 이내 검사를 중단했다. 아주 약하게 천식에 반응한다며 미간에 작은 팔⼋자를 만들었다. 안심하게 하려는 목소리로 정도가 그리 심하진 않으니 치료하다 보면 자라면서 나아지는 경우도 있다고 했다. 2년 정도 약물 치료를 하기로 했다.

천식 진단을 받은 후 바람 한 자락만 불어와도 서둘러 아이에게 마스크부터 씌웠다. 친구들과 찍은 사진들을 보면 아이만 마스크를 쓰고 있다. 처음에는 머플러를 친친 감고 마스크를 입에 가져다 댈 때마다 아이와 실랑이하는 일이 많았지만, 병원에 다니며 의사와 내가 하는 말을 들어서인지 이젠 알아서 입을 벌린다. 답답하고 귀찮은 마음을 모를 리 없어 안쓰럽고 미안할 때도 많지만, 날이 갈수록 미세 먼지가 기승인 이 나라에서 아이와 건강히 살아남기 위해선 견뎌야 한다.

자연스럽게 자연에 맡기며 키우고 싶었는데 이로써 그리 마음을 놓기는 어렵게 됐다. 역시나 마스크를 씌운 채 아이를 데리고 외출하면 열에 아홉은 "아이고, 감기 걸렸구나?"라고 묻는다. 개중에 민간요법이라도 들을까 싶은 마음에 낯이 익은 사람에게는 어느 날부턴가 "천식이라 조금만 바람이 불어도 기침을 하네요."라고 털어놓는다. 그러면 사람들은 묵혀 놓은 간증처럼 어릴 때 천식으로 고생했다거나 비염으로 병원을 찾는다거나 사돈의 팔촌이 한방으로 오랜 천식을 고쳤다는 등의 얘기를 와르르 쏟아놓는다. 그중 몇은 "그래요?" 하고는 곧장 집에 와 찾아볼 정도로 솔깃한 정보들도 있다. 지푸라기라도 잡고 싶은 심정이기 때문이다. 뭣보다 가장 큰 위안이 되는 건 "어릴 때 다들 그러다 크면서 괜찮아지더라고요."라는 말이다. 의사도 갈 때마다 "제가 어릴 때 그랬대요."라는 말을 잊지 않는다. 인상이 좋고 바쁜 와중에도 아이를 살뜰히 챙길 정도로 마음 씀씀이가 좋은 의사는 아이처럼 기침을 달고 살던 어린 시절을 지나 비염이나 천식이 아이의 집중력을 떨어트릴 거라는 우려를 다 이기고 공부해 지금의 건강한 어른이 됐다고 한다. 항상 같은 얘기지만, 의사의 얘기를 듣고 나오는 길엔 아이의

30년 후를 그려본다. 그때엔 초겨울 무렵 탁 트인 공원에 앉아 가슴을 쭉 펴고 숨을 크게 들이마시는 날도 오겠지. 마스크도 목도리도 하지 않고 친구들을 만나 종종거리고 걷다가 근사한 남자 친구에게 내가 챙겨주지 못한 처음 보는 목도리를 두르는 날도 있겠지.

요즘 겨울은 삼한사온이 아닌 삼한사미란 말이 있을 정도로 맑은 하늘을 보는 게 어렵다. 아이의 기관지는 정밀한 바로미터와도 같아 그런 날이면 집에 와 잠들기 전 여러 번 기침을 한다. 한때 아이의 교육 기관을 고민할 때 무작정 '숲 유치원에 보낼까?'라고 생각했다. 아이가 먼저 배우는 게 숲이었으면 좋겠고 또 아이가 나중에도 놓치지 않는 게 자연이었으면 좋겠다는 생각에서였다. 그렇게 알아본 결과, 최근 대다수 숲 유치원의 활동이 날씨에 제한을 받아 실제로 숲 유치원에 보내는 많은 부모가 '특성화된 교육에 투자하는 비용이 얼만데…,' 하는 본전 생각이 은근 슬쩍 들기도 한단다. 왜 아니겠는가. 아이가 날마다 숲에 나가 뛰어놀 줄 알았는데 맑은 날보다 먼지로 뿌연 날이 더 많아 발이 묶이는 게 대부분이니 그럴 만도 할 것이다. 우린 이 환경을 벗어날까, 아님 이 환경에 익숙해질까. 해가 갈수록 이런 고민들에 마음이 무거워진다.

아이의 손을 잡고 장담하듯 "더 크면 엄마와 같이 마스크

벗고 달리기도 하고, 겨울 여행도 다닐 수 있을 거야."라고
얘기하지만, 이대로 가다가 증상이 더 심해지진 않을지 걱
정이다. 변덕스러운 날씨지만, 아주 간간이 선물처럼 맑은
날이 있다. 그런 날이면 유치원에 간 아이를 데려올 생각에
가슴이 뛴다. 좋은 날씨를 만끽하며 아무 데나 일단 가는 것
이다. 그게 어디든. 마음껏 뛰고 자연을 느낄 수 있는 곳으
로. 먼지 가운데 사는 나와 아이를 위로하듯 "괜찮아질 거
야."라고 외친다. 사람들에게 아이의 증상에 대해 얘기할
때 큰 위로와 힘이 된 건 좋다는 치료법도, 권위 있다는 병원
도 아닌 "괜찮아질 거예요."라는 한마디였다. "괜찮아지더
라고요." 하는 확신 같은 말.

이 와중에도 계절은 아름답고 시시각각 하늘이 움직이고 천
연 색으로 나무가 옷을 갈아입는다. 걱정만 하기엔 시간이
아깝다. 성실히 방을 닦고, 날마다 알레르기 약 한 알을 먹
이고, 유치원 가방에 보리차를 넣으며 할 수 있는 모든 것을
하되 뿌연 얼굴이라도 좀 터는 편이 더 낫겠다 싶다. "괜찮
아질 거야." 아이보다 먼저 한 발 앞서 얘기하며 오늘도 등
원하는 데 마스크가 잘 조여졌는지를 점검한다. 대설에 한
파주의보가 내렸고, 차가운 날씨 덕인지 어제보다 한층 맑
은 공기가 우리를 맞이한 아침이다. 그런대로 괜찮은 하루
의 시작이다.

기질에 대해

오래전부터 아이는 꼭 낳을 거라 가정했다. 좋은 음악을 듣거나 책을 읽을 때 그랬고, 공연장에서 들꽃 같은 여자 가수가 몸을 웅크리고 피아노를 치는 모습을 볼 때도 그랬다. 희망 사항은 고요하고 순하고 그럼에도 집요한 구석이 있어 깊은 우물을 만들 줄 아는 사람, 그러니까 내가 가지지 못한 것, 지향한 삶, 그것들이 응축된 모습이었다.

아이는 처음부터 기대와는 판이한 방향으로 자랐다. 눈에 띄는 근성과 힘이 있었고 반응도 분명했으며 말과 동작이 아가에서 아이로 변하기 시작하면서부터는 남달리 활발했다. 그 결대로 고집과 주장도 곧았다. 그런데 부모의 마음이 참 이상하지 않은가. 고슴도치의 마음이 돼 바라던 아이의 모습은 온데간데없고, 그저 있는 그대로 잘 자라는 아이가 마냥 고맙다. 아이는 낯가림도 없고 어디든 적응도 빨랐다. 아이의 친구 중에는 수줍음이 많고 여전히 엄마 곁을 맴도는 아이도 있었다. 그 엄마들은 사뭇 다른 성격의 아이를 부러워했다. "걱정이 없겠어요." 하는 말들에 웃었다. 왜 걱정이 없겠는가. 아이는 너무도 활달하고 분명해 탈인 구석도 많았으니 말이다. 이따금 그런 면모를 발견할 때마다 속앓이했다. '괜찮은 걸까?' 하고.

얘기 중 비가 오는 날이면 소금을 파는 아들을 걱정하고, 날이 맑으면 우산을 파는 아들을 걱정하는 부모의 마음에 관한 얘기가 있다. 모든 부모의 마음이 그렇지 않을까. 이렇게 해도 저렇게 해도 아픈 손가락들, 저마다 하나씩 자식 걱정을 안고 살아간다. 반복해 보는 영화 중 호소다 마모루의 〈늑대아이〉는 아이와 내가 무척 좋아하는 영화다. 개봉 당시 극장에서 혼자 봤다. 아이를 낳은 후 어느 날 생각이 나 다운로드받고 비가 오는 날이면 둘이 부둥키고 본다. 같은 영화를 봐도 아이의 마음과 부모 마음이 다르듯 아가씨의 마음과 엄마의 마음 또한 다르다. 7년 전에 봤을 때와 비교하면 잔잔하게 울리는 마음이야 매한가지인데 보는 관점과 거기에서 배우는 건 미묘하게 다르다.

영화에는 각기 다른 성격의 늑대, 아니 두 아이가 나온다. 각각 눈과 비를 뜻하는 '유키'와 '아메' 남매다. 아빠를 따라 완벽한 사람도 아니고 완벽한 늑대도 아닌 늑대아이로 태어난 이 둘은 모습은 비슷한데 노는 걸 보면 영 딴판이다. 누나 유키는 사람들과 어울리기 좋아하고 한시도 엉덩이를 붙이고 앉는 틈이 없는 왈가닥이다. 딱 내 아이가 이렇다.

반면 아메는 겁이 많고 조용하고 한 우물을 파는 편이다. 아이들이 자라 학교에 갈 무렵 유키는 활달한 성격만큼이나 인간 세계에 완벽하게 적응한다. 반면 아메는 숲으로 숨어들다가 결국에는 자신의 본능에 따라 야생의 법칙을 배운다. 사회성이 좋은 유키와 오롯이 자신에게 집중하는 아메를 보면 그 안에서 딱 내 아이와 같은 또래 아이들의 각기 다른 면면을 발견한다. 옳고 그른 것, 정답은 없다.

영화를 보는 중 눈에 띈 건 두 늑대아이의 엄마 '하나'다. 완벽한 인간이 되고 싶은 유키에게는 솟아나는 귀를 감추고 누가 봐도 귀여운 여자 아이로 살아갈 수 있게 푸른 원피스를 지어준다. 숲으로 돌아가 늑대로 살고 싶은 아메와는 식물원의 늑대를 만나러 간다. 누가 자신이 늑대인걸 알아챌까 전전긍긍하는 유키를 채근하지 않고 좀처럼 사람이 되려고 하지 않는 아메를 다그치지 않는다. 그저 묵묵히 좋아하는 것들을 믿고 지지하는 게 전부다.

그런데 그 쉬운 게 왜 자꾸 어려워지기만 하는 건지. 애당초 아이가 어떤 모습이길 그려보는 것 자체가 잘못된 거라는 걸 아이를 낳고 나서야 깨달았다. 관계를 풀어가는 힘도 두각을 드러내는 분야도 아이들은 모두 자신만의 색을 지니고 태어난다. 그리고 아이는 자신 고유의 색에 가장 가까워질 때 환히 빛을 드러낸다. 푸르게 태어난 아이를 자꾸 붉게 자라라고 떠밀면 붉지도 푸르지도 못한 빛으로 서성이며 자랄 것이다. 그러니 나도 모르게 자꾸만 머릿속으로 그려보는 아이의 모습은 이제부터라도 멀찌감치 내다버려야겠다. 그보다 아이가 애초에 지니고 태어난 색을 찾아주는 데 힘쓰겠다. 그게 뭐든 선명하고 밝게 빛을 낸다면 그것만으로도 아이는 충분히 아름다울 것이다.

나라는 우물

애매하게 착한 아이 콤플렉스 같은 게 있어 끝까지 좋은 사람이고 싶었지만, 돌아보면 실패한 기억도 꽤 있다. 그럼에도 여전히 좋은 사람이고 싶다. 엄마가 되고 나서 더욱 그렇다. 하지만 육아라는 과정은 그 어떤 것보다 오욕칠정의 감정을 느낄 수 있기에 우아하고 고고할 수만은 없다. 제법 감정을 잘 다스리는 엄마라고 생각하지만, 어디선가 댐의 물처럼 와락 쏟아지듯 감정이 터져 나올 때가 있다.

아이가 유치원에 가지 않겠다고 일주일 넘게 떼썼다. 아이와 마주앉아 차분히 얘기를 나눠도 선생과 상담해도 유치원이나 교우 관계에서 온 문제가 아니었다. 날도 춥고 겨울 방학이 지나 하루 이틀 집에 있다 보니 좀 더 엄마에게 어리광부리며 뭉개고 싶은 것이었다. 한두 번이야 '그래 오늘 하루 안 가면 어떠니?' 하고 같이 놀았지만, 잦아지니 아차 싶었다. 하루 놀고 이튿날은 가기로 하고. 그렇게 약속을 받아내며 아이를 일상으로 돌려놓고 싶었지만, 며칠째 침대에서 눈뜨면 내 눈을 마주치며 하는 말이 "안 가고 싶어. 더 자고 싶어."였다. 하루 이틀 얼러보기도 했지만, 집이 편한 걸 알게 된 아이의 마음을 바꾸기가 쉽지 않았다. 하루는 무턱대고 아침부터 가지 않겠다고 목놓아 우는 통에 와락 성질이 났다. 아이를 보내고 해야 할 일도 밀렸고, 아무리 얼러도 그날따라 통하지 않던 고집에 감정이 앞선 것이다.

엄마의 목소리가 바뀐 걸 알아채고 아이는 훌쩍거리며 유치원으로 향했다. 막상 유치원에 들어가니 아이의 등이 유독 조그맣게 느껴져 불러 세워 다시 아이를 안았다. "재밌게 놀고 와서 이따 엄마 만나." 다시 또 아이가 흐느껴 울며 집에 가고 싶다는 걸 선생이 어르고 등 떠밀어 겨우 아이를 들여보냈다. 집에 오니 일이 손에 잡히지 않고 기분이 바닥을 쳤다. '유치원 안 가는 거 그게 뭐라고, 왜 굳이 너를 울려 보냈을까.' 싶어 집에 와 울고 말았다.

또래 아이를 키우는 엄마들과 얘기하다 보면 엄마들의 입에서 고해성사 같이 "저는 너무 부족한 엄마인 거 같아요."라는 말을 심심찮게 듣는다. 아이를 낳기 전에는 미처 몰랐던 나란 사람을 알게 될 때, 내 인내의 한계를 경험하게 될 때 우린 우물에 빠지고 만다. 사실 육아가 아니면 이런 민낯을 만나는 순간이 얼마나 될까. 굳이 감정을 드러내지 않아도 참아지는 순간이 많다. 안 되면 그 상황에서 도망치는 것도 방법이었다. 하지만 육아는 아니었다. 도망칠 수도 없었고 피할 수도 없었다. 아이와 내가 하나의 문제에 매몰되면 그 상황의 돌파구를 찾아 나올 수 있는 사람은 오직 아이와 나뿐이었다. 누구도 손을 내밀어 도와주지 않았다.

많은 육아서는 말한다. 그럴 때 엄마가 감정을 내세우지 않고 아이를 가르치겠다는 일념 하나로 침착해야 한다고 하지만, '욱'의 순간은 어디서고 갑자기 찾아온다. 그렇게 예쁘고 귀여운 토끼 같은 내 새끼가 내 속을 까맣게 태울 때 한 공간에 있으면 버럭 화낼 것 같아 무작정 방에 들어가 들이차는 숨을 고르기도 한다. 그러면 저 나름 골난 아이는 엄마 빨리 나오라고 밖에서 고함지르고 난리다.

아이를 키우다 보면 감정의 우물에 빠지는 게 비단 '욱'뿐이 아니다. 내가 이렇게 부족한 사람이었나, 실수투성이 사람이었나 곳곳에서 확인하게 된다. 괜히 자신감이 없어질 때, 우아하게 육아하는 듯한 이들과 비교하게 될 때, 현실의 무게에 부딪힐 때 자꾸만 어깨에서 힘이 빠져나간다.

그럴 때 한없이 작아진 나를 가만히 들여다보며 '그래서 지금 부족한 너보다 네 아이를 잘 키울 수 있는 사람이 있을 거 같아?'라고 물으면 답은 하나다. 때론 욱하고 이따금 부족한 엄마처럼 느껴질지라도 지금 내 아이를 위해 가장 최선을 다해 육아에 온몸을 던질 수 있는 사람은 오로지 나뿐이다. 아이는 그런 내게 온전히 의지한다. 여기저기 발견한 민낯으로 엉망진창의 마음이 된 엄마의 마음은 까맣게 모르고 말이다. 그러니까 좀 부족하면 어때? 지금 육아에 최선을 다하는데 하는 자신감으로 나와 아이를 꿋꿋이 믿고 나가는 게 오늘 육아의 가장 좋은 해법이 아닐까. 그러니까 좀 부족한 모습쯤이야 우린 서로 눈을 감아주자. 이리도 작고 연약한 생명이 내게 온 마음을 기대니 말이다.

나를 기억해

30대 엄마는 예뻤다. 집에서 그리 멀지 않은 곳에 전쟁 중 숨진 영국군들을 안장한 묘지가 있었다. 묘지라기보단 녹지 조성이 잘된 작은 공원에 가까워 이따금 엄마와 난 그곳에서 산책했다. 사진 속 우린 대부분 그곳에서 함께였다. 긴 머리를 히피처럼 볶은 엄마는 손수건으로 머리를 질끈 동여매거나 풀어헤친 채 청이나 하얀 면 소재로 된 셔츠를 돌려가며 입었고, 늘 청바지를 입었다. 엄마는 내가 아는 사람 중 가장 예쁜 여자였다. 어느 정도였냐면 한 번은 외가에서 어느 외국 여자를 그린 데생을 발견했다. 그게 꼭 엄마의 얼굴 같아 몇 번을 엄마가 아니냐고 가족에게 물었다. 지금에 와서 생각하니 정말이지 엄마와 아주 다른 얼굴이다. 길게 늘어트린 파마머리며 웃는 커다란 입매가 꼭 엄마 같아 그렇게 보였던 모양이다.

아이의 눈에도 지금 그런 착시 현상이 일어날까. 언젠가 아이와 함께 유치원 선생에 대해 얘기하다 "선생님 예쁘지?" 하고 물으니 잠시 고민하다 "응, 근데 엄마가 더 예뻐."라는 기대하지 않은 말에 마음이 찡긋했다. 내 눈에 비친 아이를 예뻐하기에만 급급해 지금 이 아이의 눈에 어떻게 보이는지 한 번도 생각하지 않았는데 '아이의 지금이 가장 어리듯 오늘의 나 또한 가장 젊은 엄마이겠지.' 하는 생각이 불현듯 스쳐 기분이 묘했다.

아이를 낳고 그 사이 나도 많이 변했다. 아이가 크는 것만 생각했지 내가 변하는 건 미처 모르고 지냈다. 머리숱이 적어졌고 피부에 잡티가 많아졌다. 아침에 아이 유치원 보낼 채비를 하다 보면 내 모습이 어떤지는 셈할 새도 없이 시간이 훌쩍 간다. 그래도 아이의 머리는 정성껏 양 갈래로 땋고 제일 깨끗하고 예쁜 옷으로 입힌다. 곧 죽어도 나 꾸미기 좋아하는 여자로만 살 줄 알았는데 이렇게 여자 아닌 엄마가 된거다. 현실을 자각할 때마다 오롯이 아이에게 집중하는 거에 마음이 차오른다. 반면 조금 서글프기도 하다.

언젠가 나도 지금보다 더 나이를 먹겠지. 지금의 엄마처럼. 엄마도 그 사이 참 많이 변하셨다. 나 어릴 땐 길게 늘어트린 파마머리를 어느새 싹둑 잘랐고 관리가 편하다는 이유로 짧은 머리를 고수한 지 족히 20년은 다 된다. 아웃도어 매장에서 산 따뜻하고 가벼운 기능성 옷들을 주로 입는다. 전처럼 음악을 듣거나 기타를 튕기는 일, 거울 앞에서 매무새를 다듬던 엄마의 모습은 사라진 지 오래다. 그때 엄마를 생각하면 아득하다. 그래도 그때 엄마를 기억하는 건 오롯이 다섯 살 나뿐일 것이다. 기억이 선명하지 않지만, 어느 정도 각색되고 미화됐을 내 기억 속 엄마는 여전히 아름답다. 반짝반짝 젊고 예쁜 엄마.

아이도 오랜 시간이 지나 나를 그렇게 기억할까. 반짝반짝 빛나고 젊은 엄마. 오래된 카메라 한 대로 아이의 사진을 제법 많이 찍는 편이다. 언제나 둘이 함께하다 보니 우리가 나란히 프레임에 담긴 사진은 서른 네 컷 필름에 하나 둘 나올까 말까다. 그럼에도 함께 어딘가 특별한 장소에 가면 일부러 타이머를 맞춰 아이와 내 모습을 담는다. 언젠가부터 카메라 앞에 서는 게 쑥스러워 이른바 셀피도 잘 찍지 않는데도 말이다. 아이와 함께하는 가장 젊은 오늘이 소중하기 때문이다.

아이는 언젠가 어른이 돼 몇 장 되지 않는 우리의 사진으로 젊은 엄마, 내 모습을 기억하겠지. 지금의 모습과 흔적이 다 사라져도 오늘의 나를 기억해줄 유일한 증언자가 될 것이다. 아이의 기억 속에 남는 건 엄마의 피부가 얼마나 좋은지, 머리숱이 많은지 적은지, 파마머리인지, 긴 생머리인지 등이 아닐 것이다. 다정한 얼굴, 활기차고 건강한 몸짓, 나긋나긋한 목소리 등이 남아 자신만의 그림으로 완성될 것이다. 비록 지금 내 모습과는 다르더라도 부디 따뜻한 온기로 남기를 바란다. 세상에서 나를 가장 예쁜 눈으로 봐줄 아이의 어린 시절에.

나를 친구라고 생각하면 좋겠다

아이가 다섯 살 되니 말이 통했다. 나란히 앉아 주거니 받거니 농담할 수 있었고 별 거 아닌 거에 킥킥대기도 했고 제 입으로 가져가기 바빴던 간식을 내 입에 넣어주며 나눠 먹을 줄도 알았다. 아이는 가장 좋은 친구가 됐다.

형제가 없어 친구가 전부였다. 부모는 부모이기 때문에 다하지 못했던 말을 동기간 같은 몇 친구에게는 무람없이 털어놨다. 그런데 저마다 생활 방식이 다르다 보니 어느 순간 소원해졌다. 그래도 친구는 언제고 좋은 존재라 어느 날 문득 생각이 나 불쑥 연락하면 언제고 반겼고 만나면 편안했다. 진짜 친구는 그런 사람들이었다.

아이에게 어떤 부모이고 싶냐 물으면 친구 같은 엄마이고 싶다고 망설임 없이 말할 것이다. 어떤 얘기든 부려놓아도 들어줄 귀가 있는 친구, 속상한 일이 있을 때 먼저 나가자고 팔짱 끼어줄 친구, 실없는 소리도 재미없는 농담도 낯짝 두껍게 할 수 있는 친구 말이다.

그러고 보니 대학 때까지만 해도 엄마와 꽤 많은 시간을 보냈다. 창문을 활짝 연 채 동부간선도로를 달리며 이선희의 〈한바탕 웃음으로〉나 김성수의 〈동행〉 등을 함께 부르던 엄마는 그 시절 둘도 없이 좋은 내 친구였다. 아빠한테 미처 하지 못하는 말들을 엄마한테 하면 내 좋은 친구는 든든한 바람막이가 돼줬고, 결정하는 모든 일에 괜찮다고 떠밀어준 이도 모두 내 좋은 친구, 엄마였다. 그런데 무지하게 싸우기도 했다. 세상에서 제일 편한 사이다 보니 아무 말이나 막 하고는 돌아서 후회하기 일쑤였지만, 이 세상이 끝날 때까지 절대 변할리 만무한 세상에서 가장 좋은 내 친구다.

욕심이라면 아이와 난 이보다 더 좋은 친구가 되면 좋겠다. 같은 방향으로 결이 나 있어 쿵 하면 짝 하는 사이, 주말이면 같은 취향의 영화를 틀어놓고 깔깔거리는 사이, 함께 좋아하는 가수의 콘서트를 가는 사이, 좋아하는 남자 친구 얘기를 꺼낼 때 맞장구치는 사이, 속상하고 억울한 일이 있을 때 먼저 욕해주는 사이, 그런 사이 말이다.

아이가 스물에는 내가 쉰이다. 적지 않은 나이지만 많지도 않은 나이다. 그때가 돼 이렇게 둘도 없는 사이가 됐을 우리를 그리면 어느새 입가가 동그랗게 말린다. 그때 바라는 사이가 됐을지는 오롯이 내게 달린 것이다. 방법은 꼰대가 되지 않는 것이다.

벌써 아이에게 자꾸만 꼰대처럼 굴려고 들 때 다짐을 떠올린다. 꼰대가 아닌 친구가 되자고. 믿음이 없는 관계는 친구가 될 수 없다. 결정에 딴지를 걸거나 훈수를 두려고 할 때, 네 마음이 내 마음 같지 않다고 다그칠 때 관계는 손을 놓아버린다. 그게 아이라면 부모에게서 뒷걸음친다.

지금부터 15년. 시간이 그리 많지 않다. 관계는 차곡차곡 쌓여갈 것이고, 시간은 알알이 빠져나갈 것이다. 어릴 때 어른들이 친구를 얘기하며 10년지기 많게는 30년지기 얘기할 때면 아득하게 느껴졌다. 그때엔 많아봤자 3년, 5년 된 친구들이 전부였으니 말이다. 그 친구들이 고스란히 10년지기, 20년지기가 됐다. 그 사이 멀어진 친구, 연락조차 되지 않는 친구도 있다. 각자 생활에 떠밀리다 그렇게 됐겠지만 그럼에도 그 생활의 압력 속에서도 굳건히 곁에 남은 친구들이 있다. 이젠 가족보다 나를 속속들이 아는 친구들이다. 아무 말이나 부려놓아도 악의 없는 친구들. 우리가 이런 관계가 되기까지는 거저 흘러온 시간이 아니었다. 함께 겪고 함께 위로한 마음이 남긴 것들이다.

이상한 시대지만, 요즘은 남보다 못한 가족을 심심찮게 본다. '친'이라고 붙는 부모 관계, 형제 관계인데도 남보다 무섭고 견디기 힘든 사이가 된 이들을 보며 저들 사이에 무슨 일이 있었던 걸까 짐작해보게 된다. 가족이라서 어쩌면 자주 민낯을 드러내고 산 건 아니었을까.

내가 그랬듯 형제가 없는 아이에게 가장 좋은 친구이고 싶
어 요즘도 자주 아이에게 "엄마는 네 가장 좋은 친구야."라
고 말한다. 아이는 입이 함지박만 해져서 나를 안는다. 그보
다 더 기분이 좋은 날은 진짜 친구처럼 장난을 걸기도 한다.
장난이 도를 넘는 날은 엄마 양 볼을 잡아 늘어트리거나 묘
하게 말이 삐딱해지는데 그럴 땐 나도 모르게 일순간 무서
운 얼굴로 "엄마가 네 친구야?"라고 한다. 한 번은 말끝마
다 "엄마, 이것 좀 해주겠니? 가위 좀 갖다주겠니?" 하는 게
아닌가. 내가 저한테 그리했던 걸 따라 해보려고 했던 모양
이다. 다정은 다정이고 그렇다고 해서 버릇없는 꼴은 못 보
지 싶어 목소리를 바꿔 "엄마가 은우 친구야? 말이 그게 뭐
야?"라고 했더니 아이가 당황했는지 금방이라도 울 듯한
얼굴로 "엄마가 내 친구라며!" 하고 고함을 꽥 질렀다. 악의
없이 한 말이었는데 핀잔을 주니 무안했던 모양이다. 금세
미안한 마음이 들어 엉덩이를 톡톡 두드리며 엄마는 그럼
에도 어른이라고. 엄마는 언제고 네게 다정한 사람이 될 거
고 언제나 그러고 싶지만, 그렇다고 해서 버릇없게 하는 행
동을 가만히 두고 볼 수 없다고. 그건 엄마가 너를 사랑하는
방법이 아니라고. 가깝고 다정한 사람 간에도 예의를 지켜
야 한다고 말하니 아이가 코를 훌쩍이며 고개를 끄덕이더니
내 목을 끌어안는다.

앞으로도 엄마였다가 친구였다가 할 것이다. 그때마다 내가 아이에게 일렀듯 다정한 사람간의 예의를 생각하려 한다. 존중의 또 다른 이름 예의. 그게 무너질 때 어쩌면 아이의 엄마에서 친구로 모드 전환이 되는 길을 잃게 될 것이다. 아이의 손을 잡고 발걸음을 맞춰 오래 함께 걷고 싶다. 자주 웃고 이따금 침묵해도 어색하지 않은 사이로 말이다.

내 마음이 네 마음이 아니지

드라마 〈SKY 캐슬〉의 한 치 앞을 알 수 없는 서사가 놀라 웠지만, 흔한 로맨스도 판타지도 멜로도 아닌 한국의 사교 육 문제를 과감하게 꼬집은 점이 신선했다. 어린 아이와 수 험생의 부모들은 "그거 보고 있어?"라고 입을 모아 얘기할 만큼 관심이 뜨거웠다.

다시보기를 통해 몰아보거나 빨래를 개거나 일을 하는 틈 틈이 보는 바람에 처음부터 드라마를 즐기진 못했지만, 볼 때마다 잊지 못할 장면과 대사가 꽤 많았다. 그중 보자마자 무릎을 친 대사가 있었다. 구김 없고 숨김 없는 캐릭터의 엄 마가 뱉은 말에 중학생 아들이 집을 나갔는데 그 아들을 찾 겠다고 동네를 뒤지다 우연히 이웃집 남편을 만났고 그 이 웃의 차를 얻어 타 아이를 찾으러 가는 길에 노심초사하는 엄마의 마음을 달래고자 이웃집 남편이 하는 말이었다. "신 이 자신을 주는 건 마음대로 되지 않는 게 있다는 걸 깨닫게 해주기 위한 거예요." 고작 5년간 육아한 것뿐인데도 그 말 이 뼈저렸다.

결혼 전 아빠는 나를 불러다 앉혀 "넌 되게 착한 딸인 듯했는데 실은 단 한 번도 아빠가 원하는 대로 되지 않는 딸이었다."라고 푸념하셨다. 지나고 보니 그랬다. 결국 모든 것은 내가 선택한 것들이었다. 아무리 회유하고 이따금 채반에 까불듯 닦달을 해 봐아도 내가 원하는 것들을 선택해 걷는 편이었다.

다섯 살인 아이도 그렇다. 내 바람이나 마음과는 달리 아이는 자신이 원하는 것들을 선택해 원하는 방향으로 성장한다. 지금이야 아이가 선택할 수 있는 것들의 폭이 좁고 뜻대로 어쩔 수 없는 게 성향이나 기질에 불과하겠지만, 앞으론 아이가 더 많은 것을 스스로 선택할 것이다.

내 몫은 그저 지켜보고 지지해주는 게 다일 텐데. 사실 부모 마음이 그게 어렵다. 자꾸만 제동을 건다. 하다못해 장난감 하나를 사도 내 눈에는 뻔히 보인다. 잠깐 갖고 놀다 버려질 것들 혹은 사두면 오래 요모조모 쓰일 것들. 그럼 엄마 마음에서는 후자를 택하면 좋겠는데 아이들의 마음은 그렇지 않다. 버려지더라도 당장 흥미를 끄는 것에 더욱 마음이 간다. 차라리 그게 장난감 정도면 괜찮다. 어떤 발달 과업 앞에 아이가 꽁지를 내빼게 될 땐 맥이 빠지면서 걱정이 앞선다. "이 녀석 왜 이렇게 겁이 많지." 그럴 때 머뭇거리는 아이의 엉덩이는 무겁다. 내가 아무리 회유해도 도통 통하지 않는다. 그럴 때면 속으로 조그맣게 읊조린다. '그래, 내 마음이 네 마음이 아니지.' 나도 아직 어렵고 잘되지 않는 일이지만, 이렇게 아이와 나를 분리해놓고 보면 더는 아이가 기꺼이 하려는 일에 제동을 걸지 않게 되고 아이가 하지 않으려는 일을 굳이 시키려 들지 않게 된다.

아직까지는 내가 결정해 좋은 방향으로 이끌어줘야 하는 게 더 많지만, 앞으로 아이를 내게서 따로 떼어놓고 저 하고 싶은 마음을 들여다보는 일이 많아질 거다. 벌써 그게 잘되지 않아 속이 끓는 거 보면 오게 될 수많은 폭풍 같은 시간이 두렵지만, 꽤 오래 이 생각이 내 마음을 다잡는 데 큰 도움이 될 듯하다. '그래, 내 마음이 네 마음이 아니지.'

내 이름은 엄마입니다

이름 잊은 지 오래다. 아이를 낳고 나서 대개 만나는 사람들이 아이와 같은 또래의 엄마들이거나 그렇지 않더라도 대부분 아이와 연관된 사람들을 만나는 것이 전부다 보니 내 이름 두 자의 주인이기 전에 누군가의 엄마인 것이다. 이름이라도 먼저 묻는 건 그래도 고마운 일이다. 묻기도 전에 대부분 "아이 이름이 뭐예요?"라고 묻고는 자연스레 내 아이의 이름을 따 "은우 엄마"로 불리는 게 다반사다.

이름이 좀 특이해 이름을 말할 때마다 곤혹을 치른다. 한 번에 알아듣는 사람이 없고 한 번 들으면 그냥 지나치지 않는다. 뭐 어찌됐든 이름을 알리고 나면 설명해야 하는 일을 30년 가까이 해왔는데 아직도 익숙하지 않다. 그래서 아이 이름은 부르기 쉽게 짓고 싶었다. 아이 이름 역시 받침이 있어 한 번씩 더 묻는 사람들이 있다. 그래도 아이를 낳고 나서는 어쩐지 이 이름이 더 편해져 내 이름보다 더 자주 쓴다. 이를 테면 아이와 어느 맛집에 가 웨이팅 리스트에 이름을 올릴 때도 아이의 이름을 쓴다. 편안하기도 하거니와 제 이름이 나오면 반가워 "엄마, 나야!" 하고 아는 체하기 때문이다.

아이 친구들 모임에서는 엄마들이 서로 이름을 부른다. 때문인지 경계가 없고 아이 친구 전에 엄마들이 친구인 듯한 기분이 든다. 그런데 유독 호칭을 못 고쳐 부르는 이가 있었으니 바로 나다. 아마도 성격 탓일 거다. 사람을 좋아하는 편인데 담을 허무는 데까지는 시간이 오래 걸린다. 아이 친구 엄마들에게 아직까지 마음 놓고 이름을 불러보지 못했다. 그런데도 이따금 가만히 그들의 이름을 부르고 싶다. 누군가의 엄마기 전에 누군가의 딸이었고 누군가의 친구였던 그들의 이름 말이다. "은우 엄마"라고만 듣다 누군가 "량"이라고 부르는 걸 보면 아이는 쿡쿡 웃는다. 엄마 이름이 재밌기도 하지만, 자기도 오롯이 이름으로만 불리는 내가 신기한가 보다. 어느 날엔 가만가만 내 이름을 불러보기도 한다. 그럴 때 장난처럼 "엄마한테 량이가 뭐야!" 하는데도 그게 꼭 싫지는 않다. 네게 "은우야!" 하듯 엄마도 이름이 전부던 시절이 있었다고 가만히 알려준다.

누군가 나를 "은우 엄마"라고 부르면 딱 그 이름값에 걸맞게 '은우 엄마'가 된다. 어느 날 예상치도 못한 사이 누군가 나직이 내 이름을 부르면 나도 모르게 진짜 내 모습으로 돌아가고 싶다. 아이의 엄마기 때문에 언제나 아이에게 초점을 맞춘 채 엄마다운 모습으로 있어야지 하는 것 말고 내가 어떤 것들을 좋아하는 사람이었는지에 대해 얘기하고 싶다. 아주 사소한 것들 말이다. 어떤 음악을 즐겨 듣고, 어떤 영화를 좋아하고, 커피를 좋아하는지 차를 좋아하는지, 내 사소한 결점들, 외따로 떨어진 순간에 만난 여행지 같은 것들. '신량'이라는 이름으로 즐겼던 진짜 내 모습들을 툭 얘기하고 싶다.

언젠가 아이가 자라면 '엄마'가 아니라 내 자리로 돌아가 다시 내 이름을 더 많이 사용할 날이 올 것이다. 서랍 깊숙이 넣어둔 이름은 빛이 바랠 만큼 오래 사용하지 않아 유행이 지난 옷처럼 느껴지거나 묵혀둔 물건처럼 오작동하지는 않을지 벌써 걱정이다. 그렇지 않으려면 방법은 하나. 자주 쓰는 것밖에 없다. 가끔은 '은우 엄마'가 아닌 오롯이 '신량'의 모습을 즐기며 언제 다시 불려도 이름이 낯설지 않게 기름칠을 해두는 것이다. 하나 더 아이도 그 이름을 듣는 게 낯설지 않게 '우리 엄마기 전에 엄마도 진짜 이름이 있었구나.' 하는 마음이 들도록 남은 육아는 그렇게 좀 더 내 이름을 쓰며 즐기고 싶다.

넌 엄마의 꿈속에 살았단다

2018년 1월 아침. 어쩌다 보니 아이와 난 설국의 모습을 드러낼 홋카이도행 비행기에 몸을 실었다. 갑작스런 여행이었다. 아이와 단둘이 함께하는 첫 여행이었다. 갑작스런 여행에 아무 준비도 못해 불안한 마음이 앞섰지만, 저변에는 기대와 설렘이 희미하게 깔렸다. 도착을 알리는 기내 방송이 나직하게 울리는 동안 아이의 손을 힘줘 잡았다. "다 왔어." 소리를 죽인 채 입모양으로 얘기하자 영문도 모르는 아이는 반달 모양의 입술을 널찍하게 만들어 보였다. 한 치 불안도 없이 오롯이 내게 모든 것을 내건 저 포근한 표정에 언제나 그렇듯 마음을 다잡는다. '그렇지. 나 엄마지?' 하는 말에는 주문처럼 힘이 생겨 뭐든 해낼 수 있을 듯하다.

그렇게 우린 목적지 없는, 아무 계획도 없는 겨울 여행을 시작했다. 8년 전에 홋카이도를 혼자 다녀왔다. 첫 해외 여행이었고 생일이 끼었다. 나 자신에게 주는 이보다 좋은 선물이 없을 것이라 생각했지만, 주변은 만류했다. "처음인데 혼자 괜찮겠어?" 뭣을 잃어도 두려울 것이 없다고 생각한 청춘의 시절이었다. 8년이 지난 지금 한 번 다녀간 곳에 발을 내딛는 것이 뭐가 두렵냐고 물으면 아이다. 나 하나면 전혀 두렵지 않았을 테지만, 아이가 함께였기에 괜한 불안이 밀려왔다. 어떻게든 아이는 지켜서 데려가야 한다는 마음. 그런데도 아이가 곁에 있어 편안했다. 뭐든 할 수 있을 듯한 자신감이 분명 어딘가에서 낮게 숨을 쉬었다.

오타루는 내 생애 최고로 꼽는 여행지다. 해마다 폭설이 내리는 날이면 집안의 온갖 조도를 낮추고 이불 속으로 들어가 오타루를 배경으로 한 영화 〈러브레터〉를 봤다. 지금은 이미 본 영화나 드라마를 또 볼 수 있는 시간이 그리 많지 않지만, 결혼 전 일명 '덕질' 좀 하던 시절엔 한 번 본 영화, 한 번 본 드라마를 수차례 돌려봤다. 그중 하나가 바로 이 영화였다. 영화를 보며 벼르다 찾아간 오타루는 기대보다 훨씬 아름다웠다. 뭣보다 이루 말로 다 할 수 없을 만큼 많은 눈이 종일 내렸다. 손과 발이 차가운 돌덩이가 되는데도 내내 즐겁기만 했다.

사랑해마지 않는 곳에 아이와 함께 왔다니. 믿을 수 없었다. 막상 도착하니 계획이 없어 순간마다 모험처럼 더 즐거웠다. 힘이 들면 쉬고 아이가 좋아하는 곳에선 기약 없이 힘을 빼고 머물렀다. 그러다 아이가 잠들면 가까운 카페에 들어가 가방에 넣어둔 책을 읽고 창밖으로 흐르는 풍경을 카메라에 담았다.

혼자 여행할 때면 자주 길을 잃었다. 그 가운데 만난 풍경
이나 장소는 계획보다 근사하고 아름다웠다. 길을 잃은 순
간 길을 잃어 다행이라는 생각이 들게 하는 것들과 마주했
다. 여행이었기에 가능한 것이리라. 아이와 단둘이 하는 여
행에는 대부분 계획이 없었는데 계획이 없어 다행이라 생각
했다. 아이를 채근하지 않아도 됐고 모든 것이 즉흥적이었
는데도 우린 자주 웃었다. 엄마와 딸이 아니라 낯선 길에 나
란히 놓인 유일한 동지처럼 말이다.

여행 중 아이를 데리고 8년 전 혼자 머물던 여행지를 하나
하나 찾아봤다. 삿포로역에 있는 작은 아오야마 꽃집, 혼
자 먹기에 양이 많아 절반을 남기고 온 치즈케이크 가게, 그
리고 귀에 대고 수십 개 소리만 담아온 오르골 가게에선 호
기롭게 작은 오르골도 하나 사줬다. 폭폭 눈을 밟으며 걷
다 발을 녹이려고 8년 전 그때 그 집에 들어가 아이와 나란
히 뱅쇼와 코코아를 마셨다. 그러면서 내내 얘기했다. "엄마
여기 와봤다." 그러면 아이는 눈을 동그랗게 뜨고 물었다.
"언제? 나와 같이? 나 있을 때야? 없을 때야?", "은우 없을
때였어.", "그럼 난 어디 있었어?", "그때 은우는 엄마 꿈속
에 있었어." 그랬다. 8년 전 아이는 없는 게 아니라 아주 먼
내 꿈속에 있었다.

아이와 지난 궤적을 가만히 밟다 보면 전에 없던 추억이 덧입힌다. 내리는 눈을 맞으며 뜨거운 물에 몸을 담근 노천의 기억, 크리스마스 장식이 아직 남은 숙소 앞 작은 카페에서 감자 튀김을 먹으며 본 동화 같은 설경, TV 타워에서 내려다본 장난감 같은 삿포로의 풍경들 말이다.

일상으로 돌아온 지금 아이와 습관처럼 얘기한다. "너와 나 열 살. 그러니까 은우가 열 살, 엄마가 마흔이 되는 해에 또 그곳에 가자.", "또 그때 추억들을 성지처럼 가만가만 밟아 보자."

여행지를 뒤로하고 올 때마다 의식처럼 되뇌는 건 "안녕, 또 올게!"다. 모든 여행지는 아니다. 정말이지 꼭 다시 오고 싶은 곳에 말이나마 나직하게 남겨두는 것이다. 꼭 언젠가 다시 오게 될 거라고 믿는다. 8년 전 꿈에서 건너온 네가 손을 잡고 그 아름다운 설경 속에 함께였듯 말이다.

더 많이 업어줄게

아이는 여섯 살이 되면서 18킬로그램이 됐다. 2.9킬로그램으로 태어나 무려 15킬로그램이 늘어난 셈이다. 갓난아이때 새털처럼 가벼워 어떻게 안아야 할지조차 몰랐다. 안으면 부서질까, 불면 날아갈까 그랬다. 산후 조리원에 가지 못해 한동안 산후 도우미의 도움을 받았다. 작은 몸으로 태어나 수술까지 한 아이를 만난 이모님께서는 이렇게 작은 아이는 처음 봤다며 내내 어떻게 하면 옆에 있는 동안 아이를 더 키워줄까를 골몰할 정도로 아이는 작고 연약하기만 했다. 그 모든 것이 다 기우였다는 것을 증명하기라도 하듯 아이는 빠르게 성장해 지금은 어디 가면 또래 아이들에 비해 다부진 힘과 큰 키를 자랑한다.

작고 연약하던 아이를 돌까지 업어 재웠다. 아이의 체온으로 등이 따뜻하고 묵직하게 덥히는 그 기분이 좋아 자처해 아이를 안고 업었다. 하지만 종일 아기띠를 하거나 업어 재운 날은 이튿날 잠자리에서 일어나 걷는 게 어려울 정도로 허리가 아팠다. 한동안 앓은 산후 후유증이었는지 지금은 무거운 아이를 업는다고 해서 일어나 걷지 못할 정도의 통증을 느끼지 않는다. 아가일 적만큼 장시간을 업지 않는 것도 이유이겠지만, 어쩌면 익숙해진 탓일지도 모르겠다.

뚜벅이 엄마는 잠들어 축 처진 아이를 안거나 업고 오는 날엔 아이 빼고 짐은 다 버리고 싶을 정도로 고단하다. 그래도 작년까지는 무겁다 해도 온힘을 다해 업고 안아줄 수 있었다. 새해가 밝아 목욕탕에 가 아이의 몸무게를 확인한 후 어쩐지 아이의 무게가 더 묵직하게 느껴진다. 18킬로그램. 좀 더 늘어났을 뿐인데도 등에 업힌 아이가 자꾸만 미끄러지는 느낌이다. 눈으로 숫자를 확인한 마음의 무게가 더해진 것이리라.

아직은 단출히 외출하는 날엔 내가 먼저 키를 낮춰 아이에게 등을 내민다. 그럼 기대하지 않던 아이는 입이 귀에 걸릴 만큼 함지박만 해져서는 "업어주는 거야?" 하며 엄마 마음이 바뀔 새라 등에 폭삭 기댄다. 묵직하지만 아이와 내 체온으로 등이 덥히는 기분이 나쁘지 않다. 뭣보다 웃는 아이를 보는 게 허리가 아픈 것쯤 다 잊을 만큼 좋다.

언젠가 아이가 다 자라 내 힘으로 업거나 안는 건 엄두도 못 내는 날이 올 것이다. 그때 '오늘의 시간이 얼마나 그리울까.'라고 생각하면 벌써 목울대가 뻐근해진다.

엄마도 나를 꽤 오래 업어줬다. 어린 시절 우리 가족은 한동 안 동네에서 지대가 가장 높은 곳에 살았다. 작은 마당이 있고 텃밭이 있어 곳곳에서 얻은 추억이 알알이지만, 당시 엔 인적이 드물고 집으로 가는 길 그 누구도 얼굴을 보지 못 했다는 호랑이 할머니 집이 떡하니 있어 눈을 질끈 감고 내 달리기도 했다. 엄마는 교회에 가거나 장을 보러 갈 때면 인 적이 드물고 조금 어두운 그 내리막길을 나를 업은 채 타박 타박 걸었다. 엄마의 등에 가만히 귀를 대면 엄마의 발걸음 과 함께 말소리가 목욕탕에서 듣는 것처럼 둥글둥글 울렸 다. 그게 좋아 자꾸만 엄마한테 말해보라고 보챘다. 그러 면 엄마는 노래를 불렀다. 내가 "어디까지 왔나?" 하고 음 을 넣어 한 소절을 띄우면 엄마는 내가 알 법한 전봇대나 나 무 이름을 대며 "전봇대까지 왔지.", "느티나무까지 왔지." 하는 식으로 노래를 주거니 받거니 했다. 그러다 보면 어느 새 목적지에 다다랐다. 지금 생각하면 나보다 젊었을 그때 엄마도 어쩌면 그 어둡고 고요한 길이 꽤 무서웠을 것이다. 지금의 아이보다 무거웠을 나를 업고 타박타박 내리막길을 내려오며 노래를 불렀던 건 어쩌면 그 두려움을 들키지 않 으려고 그랬던 건 아니었을까. 그리고 어쩌면 나도 그때 내 따뜻한 체온으로 엄마를 지킨 건 아니었을까. 아이가 내 등 에 업혀 고단한 내 몸과 마음을 데우듯 말이다.

아이가 천천히 컸으면 좋겠다. 아이는 빠르게 자랄 것이다.

내가 안지도 업지도 못하는 시간 속으로 점점 걷겠지. 그래서 요즘은 자꾸만 흘러내리는 아이를 추어올리며 업어주겠다고 등을 내미는 날이 더 많다. 실은 내가 좋은데 그 마음은 슬쩍 뒤로하고 입을 헤벌쭉 벌리고 내 목을 끌어안는 아이에게 묻는다. "은우야, 엄마 이러다 꼬부랑 할머니 될 거 같아. 엄마가 할머니 돼서 기역 자 되면 어떻게 할 거야?", "음···." 한참 궁리하던 아이의 입에서 나온 말은 "안 돼!"였다. 엄마 허리 기역 자 되는 건 일단 안 된단다. 그래도 내릴 생각은 없는 아이에게 다시 물어본다. 안 된다고 해도 이렇게 업어주면 그렇게 될 텐데 그럼 어떻게 할 거냐고 다시 물으니 한참 말을 고르던 아이는 "내가 엄마 안고 다닐 거야."라고 답한다. 이 맛에 아이를 키우나 보다.

엄마가 기역 자 할머니 돼도 네게 안겨 다니지 않을 거야. 그때도 엄마는 다 큰 네가 소중한 아기 같아 기역 자 된 등허리로 흙 묻은 네 신발을 털어줄 거야. 넘어지지 말라고 헛딛지 말라고.

떡볶이가 먹고 싶어

소울 푸드를 꼽으라면 눈물이 쏙 빠지게 매운 떡볶이와 마늘이 듬뿍 들어간 알리오 에 올리오다. 마음이 헛헛한 날, 무작정 행복한 날, 어깨에 힘이 빠지는 날, 바람이 좋아 동네 한 바퀴 휙 돌고 싶은 날엔 꼭 생각나는 음식이 이 두 가지다. 내 꿈은 이 소울 푸드를 아이와 함께 먹는 것이다. 바람 덕분일까. 맵지 않은 알리오 에 올리오는 아이도 좋아하는 음식이 됐다.

떡볶이는 아이에게 아직 난코스다. 나조차 매워 입이 홧홧해지는 것을 어떻게 아이와 나눠 먹겠는가. 아이를 낳고 나서 예전처럼 떡볶이를 자주 먹지는 못한다. 아이를 앞에 앉혀두고 나만 먹기도 뭣하고 함께 먹을 사람이 없으면 자연스레 찾지 않게 된다. 그럼에도 떡볶이가 당장 필요한 날이 있다.

한 번은 아이와 놀이공원에 다녀오다 기진맥진한 와중에도 떡볶이가 간절해 막 문을 닫으려는 떡볶이집에 들어가 남은 떡볶이 1인분을 모두 쓸어왔다. 일찌감치 저녁을 먹었는데도 놀이공원 음식이 그렇듯 금세 허기졌다. 아이는 분식집에 가면 꼭 김말이를 주문한다. 세 개 정도는 눈앞에서 거뜬히 먹을 정도로 좋아한다. 난 떡볶이, 아이는 김말이와 어묵을 한밤에 먹다 말고 "어서 커서 엄마와 떡볶이 먹자." 하니 아이가 눈을 반짝인다. 얼마 지나지 않아 아이는 짜장 떡볶이에 맛을 들이기 시작했다. 하원하는 길에 날이 좋으면 바로 집으로 들어가지 못하고 동네를 배회하다 '떡볶이 먹고 들어가자!' 하는 조그만 바람이 어느 정도 이뤄진 셈이다.

후추와 짜장으로 적절하게 간이 밴 떡을 아이와 먹다 보니 근처 학원에 다니는 듯 보이는 초등학생 여자 아이가 여럿이 와르르 들어왔다. 입김을 하하 내쉬면서도 매운 떡볶이를 연신 입으로 가져가는 초등학생 아이들은 먹는 와중에도 자신들의 세계에 관해 조잘대기를 멈추지 않았다. 딱 저맘때 초등학생 언니들에 대한 동경이 있는 아이도 언니들을 힐끗 보더니 "엄마, 저 언니들은 이제 초등학생이라 매운 떡볶이도 잘 먹나 봐." 한다. 커서 엄마와 함께 떡볶이를 먹자고 말한 후 생각날 때마다 이따금 "엄마, 엄마는 내가 언제 떡볶이 먹을 수 있을 것 같아?"라고 묻거나 이제 막 맛을 알게 된 김치를 먹을 때마다 "어때? 나 이제 조금 있으면 떡볶이도 먹을 수 있을 것 같지?"라고 묻는 걸 보니 아이 눈에 떡볶이가 무지 맛있는 음식처럼 비쳤던 모양이다.

아무리 맛있는 음식도 혼자 먹으면 모래알 씹은 것처럼 영 서걱거린다. 떡볶이도 알리오 에 올리오도 실은 어디서 먹느냐보다 누구와 먹느냐가 더 중요하다고 느낀다. 그렇게 좋아하는 떡볶이도 속상한 마음 좀 풀자고 혼자 먹었다가 굶느니 못한 헛헛함을 느낀 적이 많았다. 어쩌면 이른바 '소울 푸드'이기에 마음을 나눌 수 있는 누군가와 더욱 함께 먹어야 할 메뉴인지도 모르겠다.

더운 입김을 불어가며 송골송골 콧등에 올라오는 땀을 닦아내며 때론 깔깔거리고 때론 눈물을 쏟아내며 함께 먹을 때 음식의 감칠맛은 더해진다. 어쩌면 여자들이 빵이나 분식을 좋아하는 이유가 바로 여기에 있을지도 모른다. 음식을 매개로 수다를 떨 수 있으니 말이다. 나도 아이와 그게 하고 싶은 거다. 떡볶이나 오일 파스타를 먹는 행위 말고 그렇게 따뜻하고 쫀득거리는 식감을 앞에 두고 마음의 얘기들을 보태는 일, 헛헛한 배 속을 달래주는 일 말이다. 사이좋게 팔짱을 끼고 작고 귀여운 학교 앞 떡볶이집을 찾아다니고 주말이면 마늘을 볶아 장식 없는 파스타를 먹으며 그보다 더 짜고 때론 더 단 삶의 얘기들을 나누고 싶다. 세상에서 가장 다정한 내 친구, 이 녀석과 함께.

바뀐 건 미처 모른 행복입니다

작은 회사에 면접을 보러 갔다. 유연 근무가 가능하다고 했고 경력 보유 여성을 우대하는 곳이었다. 접점이 있었으나 생소한 직무였고 오랜만에 보는 면접이라 자꾸만 목이 말라왔다. 어쩌면 늦가을 종일 내린 비 탓에 체온이 뚝 떨어졌기 때문이었을지도 모른다. 어색함을 알아챈 면접관이 먼저 따뜻한 물을 내밀며 다정히 말을 건넸다. 첫 질문으로 아이를 낳기 전과 후에 달라진 점이 뭣인지를 물었다. 울컥 목이 메어왔다. 지난 시간들이 주마등처럼 지나갔기 때문이다.

아이를 두고 네가 있기 전과 후의 시간을 셈한 적은 한 번도 없다. '아직 혼자였다면 어땠을까?' 하고 생각한 적은 있지만, 다시 돌아간다면 두 번 생각할 겨를도 없이 이 아이를 만나기 위한 길을 선택할 것이라는 결론에 늘 도달했다. 다른 모습의 내 아이는 이제 상상조차 할 수 없을 만큼 내 삶에 이 녀석은 아주 특별한 존재인 것이다.

감정을 추스르려고 식어가는 물을 두어 모금 마시고는 한

자 한 자 글을 쓰듯 얘기했다. 아이를 키우는 건 결혼 전 짐 작한 것보다 훨씬 어려운 일이었지만, 상상하고 생각한 것 보다 훨씬 행복한 일이라고. 마냥 아이에게 주기만 하면 되 는 존재인 줄 알았지만, 실은 아이에게서 아이를 키우면서 배운 것이 더욱 많다는 얘기를 하면서도 자꾸만 목이 메어 왔다. 그 뒤 질문들은 기억나지 않는다. 아이 얘기만으로도 이미 발갛게 달궈진 사람이 돼 어딘가 얼이 빠진 듯했으니 말이다. 면접장에 가기까지 고민한 것은 오롯이 아이였다. 다섯 살 아이를 떼어놓고 '과연 날마다 이 긴 출퇴근길을 무 탈하게 오갈 수 있을까?' 하는 마음 말이다. 나 역시 아이와 분리되는 것에 대해, 다시 일을 시작하는 것에 대해 확신 없 이 향하는 면접장이었으니 듣는 이들의 마음을 동할 말들 을 내놓을 자세가 미처 준비되지 못한 것이었다. 작고 귀엽 고 따뜻한 사람 냄새까지 물씬 나던 회사를 뒤로하고 나오 며 그길로 1시간 30분 남짓 집까지 오는 길을 내달리듯 돌 아왔다. 내내 아이만을 생각하면서 지금쯤 하원해 할머니 와 군것질을 오물거리며 나를 기다릴 아이의 얼굴만을 생각 하면서 말이다.

아이의 기적을 처음 느낀 당시는 모든 것의 아귀가 안 좋은 곳으로 맞아떨어져 흘렀다. 직장을 그만둘 수밖에 없는 일 이 회사에 벌어졌고, 때마침 아이는 소식을 알려온지라 이 참에 조금 쉬어가는 것이 여러모로 맞다 판단하면서도 다시 직장으로 돌아가는 땐 그리 늦지 않으리라 생각했다. 그럼에도 자꾸만 직장으로 돌아가는 일은 요원하기만 했다. 아이를 낳고 보니 용기는 더욱 희미해졌다.

그 사이 첫 봄이 왔다. 4월에는 아이를 안고 시간을 정해 짧게 산책했다. 아기띠에 아이를 폭 숨긴 채 걸을 때 배 속에 아이를 품던 때와는 또 다른 기분이었다. 거즈로 차양을 만들며 귀하고 비밀스런 것을 품고 다니는 기분. 그 가운데 눈이 마주치면 아이는 실눈을 뜨고 생긋 웃거나 어느새 잠들어 배냇짓했다.

살면서 어떤 성과로도 만끽할 수 없는 기쁨이었다. 아이를 키우면서 바뀐 걸 셈해보라면 수도 없이 많다. 하지만 그걸 셈하지 않고, 변화를 오롯이 느낄 때 떠오르는 건 단 하나다. 행복하기 전에는 미처 모른 행복 말이다. 셈할 수 있는 것들을 누군가 한 트럭에 싣고 와 단 하나인 행복과 바꾸자면 고민하지도 않고 트럭째 사양할 것이다. 아이의 존재를 모르고 지금껏 살았다면 만끽하며 인생에서 중하다고 여겼을 것들이다. 그런데 어쩌겠는가. 아이에게 받는 행복을 이미 알아버렸으니 말이다.

앞으로도 누군가가 "아이 키우면서 어때요?"라고 물으면 그 많은 감정보다 가장 앞서는 행복을 떠올리며 "그럼에도 무척 좋아요."라고 말할 것이다. 한편으로는 아이와 나 더 큰 행복을 위한 것들도 구상해야겠지만 말이다. 다만 서두르지 말자고 다짐한다. 아이의 속도는 다섯 살. 엄마가 뒤도 보지 않고 뛰어갈 때 아이가 느끼는 거리는 내가 체감하는 거리보다 훨씬 멀게 느껴질 수 있을 테니 말이다. 아이와 내가 천천히 순간의 행복을 꼭꼭 씹어 느꼈으면 좋겠다.

습관은 무서워

물을 컵에 따라 마시는 습관을 들이기로 했다. 아이와 함께 나도 같이 하는 중이다. 그게 뭐 습관까지 이어갈 거라고 할지 모르겠지만, 정수기를 쓰던 아가씨 시절과 달리 생수를 먹기 시작하면서 나도 모르는 사이에 병째 물을 마시는 습관이 들어버렸다. 항변하자면 육아에 온힘을 다 쓰던 무렵 물을 따라 마실 여유조차 없었다고 하고 싶지만, 구차할 뿐이다. 물은 컵에 따라 마시는 게 예의고 상식이다. 누구나 나쁜 습관 하나쯤은 있잖은가. 그런데 무섭게도 아이는 그렇게 나쁜 습관만을 기막히게 알아채고 따라 한다.

아이가 팔과 다리를 자유자재로 움직일 수 있고 까치발을 들어 혼자서도 냉장고 문을 열 수 있을 만큼 자란 어느 날 눈앞에서 물을 병째 들고 마시는 걸 보며 소스라치게 놀랐다. 뭐하는 거냐고 다그칠 수 없었던 게 곧 내 모습이라는 걸 보는 순간 알아챘기 때문이었다. 화들짝 놀란 그날로 물은 무조건 컵에 따라 마시자고 다짐했다. 몸에 익어 나도 모르게 병째 마시는 순간이 불쑥 나오더라도 꼭 컵에 따라 마시자고 또 다짐했다. 그리고 아이에게 말했다. "우리 이제부터 물은 무조건 컵에 따라 마시는 거야. 알았지? 엄마도 그렇게 할게." 내 말에 이를 드러내며 씩 웃는 아이의 표정이 의미심장했다. 딱 "엄마 안 그럴 거 다 알아." 하는 얼굴이었다.

자식은 부모의 거울이다. 내 말투와 자주 쓰는 단어, 표정이나 행동까지 가르치지 않아도 기막히게 따라 하는 걸 보면 신기하다가도 마음이 덜컹 내려앉는다. 결혼 전엔 어떤 습관이든 굳이 무리해 고칠 이유가 없었다. 누군가에게 피해를 주는 행동이 아니라면 나 혼자서야 뭘 하든 그 누구도 크게 신경 쓰지 않을 때였다. 이젠 아이를 의식해야 한다. 습관 하나하나에, 행동 하나하나에 아이는 반응한다.

요즘은 말과 생각도 늘어나 여전히 쳇바퀴를 돌면서 아이에게 같은 문제를 지적하면 눈을 동그랗게 뜨고 "엄마도 그렇잖아!" 하고 말대답을 한다. 그러면 나도 하려던 말이 쏙 들어간다. '그래 나부터 잘해야지' 하는 생각이 든다.

거북목 증후군을 앓아왔다. 나를 아는 사람이라면 뒷모습만 보고도 나를 찾을 수 있을 것이다. 좁은 어깨와 구부정한 자세. 고치려고 거울을 볼 때마다 배에 힘을 주지만, 어느새 편한 자세로 배를 내밀고 앉아 있는 걸 볼 때마다 이래서 습관이 무서운 거구나 싶다.

아이에게서도 이 같은 모습을 발견한다. 체형이 나를 닮아 그런 건지 아이의 어깨가 구부정할 때 지난 내 시간들을 돌아보며 아이를 자꾸만 다그친다. 모든 아름다움은 자세에서 오는 건데 벌써 자세가 흐트러지는 듯 보이니 모든 게 다 내 탓 같다. 아이에게 과장되게 몸짓하며 "엄마 봐봐. 뭐가 더 예쁜지." 하면 아이는 십중팔구 대답한다. "바르게 앉는 자세요.", "그런데 그게 잘 안 돼요. 힘들어 못 하겠어요." 하는 아이 말을 들으니 고개가 끄덕여지는 한편 가슴이 철렁하다. 벌써 습관이 된 모양이다.

'세 살 버릇 여든 간다.'는 옛말이 있다. 아이는 다섯 살. 벌써 습관이 자리해도 진작 자리했을 나이다. 습관이란 걸 나도 고치려고 무지 애썼지만, 단번에 되지 않는다. 그래도 다행인 건 아이의 나이가 아직 다섯 살이라는 거다. 아직은 옆에서 1년을 얘기해주면 그게 좋은 습관으로 바뀌지 않을까 하고 기대한다.

어릴 때 신발을 자꾸만 바꿔 신는 습관이 있었다. 지금에 와서 생각하면 아무것도 아닌데 오른쪽과 왼쪽을 자꾸만 신발을 바꿔 신는 통에 혼난 게 여러 번이다. 크면 알아서 다 제대로 신을 건데. 아이의 모든 행동은 이미 루틴이 돼버렸다. 그 루틴이 된 습관을 가만 살펴보면 커서도 저러겠다 싶은 게 있는가 하면 그냥 웃어넘길 것들이 있다. 아직은 귀여운 것들. 가령 신발이나 양말을 짝짝이로 신는 일, 머리를 사자처럼 헝클어트리고 다니는 일들이다.

이것 또한 내 욕심에서 비롯된 것이겠지만, 아이의 작은 행동 하나에도 단정함이 뱄으면 좋겠다. 똑 떨어지게 단정하고 바르기만 한 삶을 원하지 않지만, 손짓이나 몸짓 하나에 마음 결이 보였으면 한다. 과장되지 않지만, 흐트러짐 없고 눈에 띄지 않지만, 단정한 모습들은 곧 마음의 자세기도 하다는 것을 나쁜 습관 여럿을 지녀오며 서른다섯 해 동안 배웠다. 어쩌면 아무리 말을 해줘도 지금은 귓등에도 들리지 않을 얘기일지도 모르겠다. 나 또한 아무리 잔소리를 들어도 지금까지 그 나쁜 습관을 이어왔으니 말이다. 어느 날 스스로 느낄 때가 있을 텐데 분명 그땐 너무 늦다. 그러니 지금 악역을 하는 수밖에. 시작은 나부터다. 아직은 엄마를 그대로 따라 하는 나이니 나부터 바뀌면 아이는 어느새 나와 거울 놀이를 할 것이다. 그러고 보니 모든 것은 다 내 탓이다.

아줌마가 되나 봐

아이를 낳고 처음 은행에 갔을 때다. 공인 인증서를 갱신하려는데 자리에 앉아 아무리 생각해도 '공인 인증서'라는 단어가 떠오르지 않았다. 아기띠를 하고서 자는 아이의 애먼 엉덩이를 톡톡 두드리며 "뭐였지…." 하고 당황하는 기색을 비치자 직원은 친절하게도 "천천히 생각하세요. 저도 그럴 때 있어요."라며 숨을 고를 수 있게 해줬다. 그럼에도 끝까지 그 단어를 기억해내지 못해 마치 스무 고개를 하는 것처럼 직원과 몇 가지 질문을 주거니 받거니 한 끝에 "맞아요. 그거요. 그거!"라고 말할 수 있었다.

'공인 인증서'와 같이 일상적 낱말이 잘 기억나지 않거나 지갑이나 가방 등을 두고 나와 다시 발걸음을 돌려야 하는 건 그저 예삿일이다. 냉장고에 휴대 전화를 넣거나 유치원 가방에 지갑이나 휴대 전화를 넣어 보내고는 한참을 찾아 헤매는 날은 한숨이 나오고 힘이 빠진다.

비단 내 문제만이 아니라는 생각이 들 때 위안되기도 하지만, 어쩐지 좀 서글프기도 하다. 출산한 대다수 여성이 건망증을 경험한다고 하는데 이게 다 호르몬 탓이라고 한다. 출산 후 여성 호르몬인 에스트로겐 분비가 급격히 감소하면서 나타나는 자연스러운 현상이라는 것이다.

힘이 빠지는 건 건망증만이 아니다. 아이와 함께 종일을 보내다 보면 내 말과 생각도 어느새 아기 언어로 바뀐다. 이 조그만 녀석에게 온 신경을 집중하니 경이롭고 행복하지만, 어른 사람과 대화하고 싶다. 처음 육아에 관한 글을 쓰기로 했을 때 내 손은 한동안 키보드 위에서 머뭇거리는 것만 여러 날을 했다. 그 사이 짧은 메모와 일기를 쓰거나 창작 수업을 들으며 틈틈이 글쓰기 연습을 하기는 했지만, 자연스레 딸 '바보' 그냥 딸만 아는 멍청이가 된 듯했다. 친구에게 답답한 마음을 털어놓으니 그는 간지러운 곳을 긁어주듯 "은우 엄마에서 신량으로 모드 전환이 아직 안 된 거지."라고 꼬집어 말했다. 꼬집으니 조금 아팠다. "막상 아이 키우고 살다 보면 그게 그리 쉬운 게 아니라고!"라며 쏘아붙이고 싶었지만, 부인할 수 없는 사실이었다. 이미 내 모든 말과 생각은 다섯 살 아이에게 초점이 맞춰졌으니 말이다.

기억력이라면 뒤지지 않았다. 아주 잠시 방송 리포터로 일했다. 당시 내 손으로 직접 쓴 대본은 서너 번 소리 내 읽으면 NG 없이 단번에 멘트를 뱉어냈고 전공 중에서도 달달

외워 쓰는 서술형에 강했다. 그런 내가 '공인 인증서' 하나를 내뱉지 못하다니. 세월 앞에 장사 없다고 했던가. 내 세월도 빠르게 가속도가 붙나 보다.

어린 시절엔 극장도 여행도 마음 놓고 다니지 않는 부모님이 좀 답답했다. '이 재밌는 것들을 두고 왜 저렇게 심드렁한 인생을 살까?' 하는 철없는 마음에서였다. 막상 아이를 키우다 보니 영화 한 편 보는 일이 사치처럼 느껴진다. 혼자만의 시간을 좋아해 주말이면 읽을 책을 가방에 넣고 일단 밖으로 나갔는데 지금은 외출하는 것도 드물다. 막상 아이가 유치원에 가면 나만의 시간이 생겨 즐기게 될 줄 알았는데 아이가 없는 시간은, 아이 없이 혼자만 좋은 것을 누리는 시간은 어쩐지 사치처럼 느껴지고 미안한 마음이 들어 마음 놓고 즐기지 못한다.

연말에는 아주 오랜만에 단짝 친구와 오래 벼른 예쁜 카페에 다녀왔다. 접시에 오밀조밀 귀엽게 담긴 남이 차려주는 밥도 한 그릇 먹고 작은 보틀 하나에 꽤 값이 나가는 밀크티 한 잔도 마셨다. 오롯이 내가 좋아하는 것들로 채워진 곳에서 좋아하는 사람과 딱 스물의 감정을 느꼈다.

찬 공기를 뚫고 카페를 빠져나오며 "아! 좋다!"라는 말이 나도 모르게 나왔다. 카페 근처 새로 생긴 아트 시네마에 관해 얘기하다가 "막상 아이 키우고 살다 보니 혼자 영화 보는 게 쉬운 일이 아니야."라고 하니까 친구도 맞장구쳤다. 친구는 지척에 영화관이 있어도 일상에 쫓기다 보면 시대를 풍미한다는 영화조차 거르게 된다고 했다. 얘기를 나누며 "우리 이렇게 아줌마가 되나 봐." 하고는 차가운 겨울 공기 한복판에서 까르르 웃었다. 둘만 있을 땐 이렇게 여고 시절 그대로인 우리가.

오랜 시간이 지나 아이가 성인이 되면 이렇게 자꾸만 고유명사를 깜빡깜빡하고, 휴대 전화를 냉장고에 넣고 유행 앞에 멀어진 내게 "엄마는 왜 그렇게 살아?"라고 묻는 날이 있을까. 철없는 녀석이 그렇게 물으면 힘은 좀 빠지겠지만 괜찮다. 이렇게 심심하게 늙어버린 엄마의 삶이 자신 탓이라고 생각하지 않았으면 좋겠다. 그래서 나도 좀 내 인생을 즐기려고 한다. 영화도 보고 맛집도 찾아가고 아이와 오롯이 분리돼 책을 읽거나 글을 쓰는 일에도 열심히 하려고 한다. 아이가 보기에도 심드렁하지 않은 근사한 엄마만의 삶을 살아야겠다.

엄마는 나와 동갑이래요

운명론자는 아니다. 관계에 대한 의심이 많다. 오히려 사람과 사람 사이 제아무리 운명 같은 만남이라도 애쓰지 않으면 사라지고 마는 것이 관계라는 주의다. 그럼에도 딸아이와 난 자꾸만 운명 같은 만남이라 여겨진다. 흔히 부모와 자식 관계를 하늘이 맺어주는 천륜이라고 하지만, 정말이지 흔한 표현으로 내 분신처럼 모든 것이 이 아이가 내 딸이 되기 위한 것으로 여겨진다.

서른에 아이가 찾아왔다. 해마다 아이와 내 나이 뒷자리가 똑같이 늘어간다. 아이가 한 살일 때 난 서른하나, 아이가 다섯 살이 됐을 때 나도 서른다섯이 됐다. 숫자에 밝아지기 시작한 아이는 내 나이를 물었다. "엄마는 은우와 나이가 같아. 다섯 살이야." 하고 대답했다. 아이는 얼굴 가득 크게 웃으며 "그럼 엄마와 난 친구네." 하고 좋아했다. 아이는 내 생일을 일주일 앞두고 태어났다. 하마터면 생일이 같을지도 모를 일이었지만, 30년 일주일 차이로 엄마와 딸의 인연을 맺은 만남이 그저 신기하고 경이롭다.

아이가 태어난 후 내 생일은 뒷전이다. 아이 생일에 우르르 같이 촛불을 끄고 내 생일도 거기에 보탠다. 그런데 이상하게도 싫지 않다. 아이는 내가 태어나 받은 선물 중 가장 빛나고 아름다운 선물이다. 해마다 아이의 생일이면 그 마음을 떠올린다. 아직도 이 녀석이 내 최고의 생일 선물 같다. 이른바 생일 주간이라고 정해 놓고 꽉 채워 아이만을 위해 놀고 좋은 것을 준비하며 힘을 다하다 보면 일주일이 금방 지나가 내 생일이 다가오는데도 괜히 지난 일주일의 시간이 선물처럼 뿌듯하다.

지난해 생일에는 속상한 일이 있었다. 엄마가 속이 상한 것도, 엄마의 생일인 것도 알 턱이 없는 아이가 아침부터 저 좋아하는 키즈 카페에 가자고 애원했다. 못 이기는 척 나서 종일 아이를 졸졸 따라다니며 놀고 나서는 집에 와 보니 발톱이 부러졌다. 처진 기분 탓인지 왈칵 눈물이 날 듯했는데 하루를 꽉 채워 온몸으로 논 아이는 어느새 소리 없이 깊게 잠들었다. 어찌나 평온하고 사랑스럽던지 발톱이 아픈 게 쏙 들어가며 그저 고맙기만 했다.

샴쌍둥이처럼 아이와 자라고 늙어갈 것이다. 앞으로 다가올 우리의 그런 시간들이 퍽 기대가 된다. 나이 먹는 게 하나도 아쉽지 않다. 아이를 키운 지난 시간과 아이를 낳으려고 버려야 했던 많은 것에 대한 미련이 없듯 말이다.

작년만 해도 아이가 내게 뭔가를 써서 준다는 건 생각하지 못했는데 1년 사이 많은 발전이 있었다. 내 얼굴을 그리고 나서는 밑에 엄마라고 쓴 아이의 쪽지에 마음이 뭉클하다. 샴쌍둥이같이 우리가 함께 보낸 시간이 벌써 6년째. 아이는 '완전'이라는 모습에 가까워지겠지. 내 생일을 기억하고 먼저 챙겨오는 날도 있을 것이다. 그런데 거창한 건 그냥 넣어 뒀음 좋겠다. 네가 있는 것만으로도 발톱이 부러진 걸 잊을 만큼 고맙고 좋으니. 그저 해마다 우리의 생일 주간에는 꼭 이렇게 붙어 앉아 따뜻하고 맛있는 거 먹으며 사이좋은 친구처럼 겨울을 나자고 바란다. 1년 사이에 아이는 편지를 쓰고 그림을 그린다. 부러진 내 발톱도 몰라보게 단단해졌다. 이렇게 우린 또 한 살을 먹는다.

엄마도 친구가 필요해

이젠 사람을 그만 사귈 때도 됐는데 자꾸만 사람이 늘어간다. 아이를 키우다 보니 그렇다. 아이의 친구가 늘어갈수록 내 사람도 늘어가는 셈이다. 원체 사람을 두루 사귀기보단 진짜 마음이 통하는 사람 몇 만 오래 만나는 편이라 처음에는 약속을 잡고 모이고 북적이는 게 어색했지만, 이내 아이가 즐거워하니 나도 즐거웠고 그 안에서 자연스레 아이처럼 나도 규칙과 사람의 관계를 배운다.

원하든 원치 않든 세 번 이사하면서 아이의 친구도 바뀌었고 나도 새로운 사람들을 사귀었다. 환경이 바뀌고 나면 아이는 한동안 예전 동네의 친구들을 그리워한다. 아침에 일어나 갑자기 예전 동네 친구 누군가의 꿈을 꿨다고도 하고 놀다가 말고 오래전 친구의 이름을 부르며 "뭐하고 있을까?"라며 묻는 날도 있다. 또래 집단이 주는 즐거움을 느끼게 됐고, 그리움을 배우는 과정일 것이다.

누군가의 안부가 궁금해지는 것은 비단 아이뿐이 아니다.

아이를 사이에 두고 오갔던 정, 마음속을 풀어내며 나눴던 얘기정, 있는 반찬에 숟가락 하나 더 얹어 먹던 밥정, 현관에 가만히 걸어두고 가던 갖가지 마음들. 이따금 나도 그게 그리워 '아무개 엄마는 잘 있겠지.' 하며 내 오랜 친구를 그리듯 궁금해하는 날이 많아졌다. 예전처럼 자주 얼굴을 보지는 못하지만, 이따금 안부를 묻고 약속을 정해 중간지 어딘가에서 아이들을 대동해 신나게 노는 날도 있다. 아이에게 친구를 사귀게 해주는 일인 줄 알았는데 실은 내 친구가 여럿 생긴 셈이다.

엄마도 그랬다. 아주 어린 시절에 본 엄마의 진짜 친구들, 소꿉친구 여고 동창은 거리가 멀다는 이유로 하나둘 소원해졌지만, 엄마의 주변은 또다시 새로운 사람들로 채워졌다. 대부분 나와 같은 학교 친구들의 엄마들이었다. 아이 따라 엄마의 모임도 만들어져 간다는 게 괜히 있는 게 아니구나 싶었다.

그럼에도 아직 새 사람을 사귀는 일에 익숙하지 않아 새로운 유치원, 새로운 곳으로 갈 때마다 머뭇거린다. 이렇게 새로운 사람을 또 사귀는 일이 괜찮을까. 번번이 머뭇거리는 내 손을 잡아끄는 건 아이다. "엄마, 친구를 집에 초대하고 싶어." 하고 옷깃을 당기면 못 이기듯 넘어가 조심스레 타인에게 말을 건다. "저희 집에 놀러 오실래요?"

아이가 더 자라면 이런 요청을 하지 않고 저만의 세계를 씩씩하게 만들어갈 것이다. 꼭 집이 아니더라도 친구와 노는 게 가능할 테고 어떤 날은 놀이터에서 새로 사귄 친구와 놀다 집에 들어가지 않겠다고 떼쓰는 날도 있을 것이다.

사실 지금 아이의 친구라고 사귀어 정을 나눈 엄마들과는 아이보다 내가 더 오랜 관계를 이어나가게 될지도 모를 일이다. 요즘도 엄마를 통해 잊고 지낸 친구의 안부를 전해 듣는다. 나와 관계는 끊어졌지만, 엄마는 내내 이어온 관계인 것이다.

TV에서 크고 작은 모임이 끊이지 않는다는 어느 유명 여자 아나운서의 인터뷰를 봤다. 사실은 지금처럼 사람을 두루 사귀지 않는 시절이 자신에게도 있었는데 아이들은 나와 같지 않기를 바라는 마음이 생겼다며 이후부터는 본인이 나서서 아이들을 동반한 모임을 만들기 시작했다고 한다.

아이는 나보다 더 구김이 없고 활달해 친구 사귀는 일에 적극적이다. 덕분에 내 옷깃이 먼저 이끌린다. 이렇게 맺은 관계를 어떻게 이어가느냐는 오롯이 내 몫이다.

겨울 방학을 맞아 아이의 첫 친구들이라고 할 수 있는 무리와 짧은 여행을 다녀왔다. 두 살배기 때 만난 녀석들인데 어느덧 여섯 살이 됐다. 한 곳에서 만나 이젠 하나둘 사는 곳이 흩어졌지만, 되도록 오랫동안 만나자고 관계를 도모했다. 하지만 우린 안다. 아이들은 저만의 세계를 스스로 넓혀 가게 될 것이라는 것을. 그리고 어쩌면 독박 육아에 지치고 외롭던 시절에 아이를 통해 만난 우리가 앞으로도 내내 같은 시기에 같은 고민들을 나누며 평생 친구가 될지도 모른다는 것을.

자유 부인이 뭐라고

아이는 40개월부터 어린이집에 갔다. 교육 기관에 보내는 이유는 저마다 다양하겠지만, 쑥과 마늘을 먹여 동굴에서 사람 만들어 내보내는 심정으로 유독 36개월이란 숫자에 목을 맸다. 아이가 조금씩 자라면서 또래 친구 중 어린이집에 가기 시작하는 아이들이 하나둘 늘어났다. 돌아서면 금세 하원 시간이 돌아오지만, 그래도 그 잠시 오롯이 엄마만의 시간이 생긴다는 게 얼마나 좋은지 모른다는 말들에, 처음에만 어렵지 아이도 엄마도 금방 적응한다는 말들에, 퀄리티 타임을 강조하는 말들에 마음이 흔들리지 않은 건 아니었다. 이따금 찾아오는 갈등과 고민의 시간을 잘 견뎠고 40개월 때 어린이집에 보냈다.

막상 마음먹고 나서도 선뜻 용기가 나지 않아 고민할 즈음 이제 막 이사한 아파트 단지 내 어린이집에서 원아를 모집한다는 정보를 입수한 후 하루를 열흘처럼 두 달을 기다렸다. 신축 아파트는 모든 것이 처음이라 어린이집 문을 열기까지 진행 속도가 더뎠다. 그 사이 다른 어린이집에라도 보낼까 고민했지만, 그때만 해도 제일의 선택 기준은 거리였다. 언제라도 들여다볼 수 있고, 작은 일이라도 아이가 부르면 한달음에 달려갈 수 있는 거리. 두 달을 20년처럼 기다렸을까. 고민한 시간이 무색하게 입소를 신청하고 입학이 결정되기까지는 빠르게 진행됐다. 지금에 와서 말하자면 거실에서 창문 열고 아이를 부르면 들릴 법한 거리에 있는 그 어린이집에 너무나 보내고 싶어 개원 준비로 한창인 어린이집에 무작정 상담하러 갔다. 당시 내 눈빛에 간절함이 어렸던지 원장께서도 꼭 입학하기를 바라는 마음이었다는 말을 후에 귀띔해주셨다. 그럼에도 어린이집 입소는 순서와 규정이 있으므로 바란다고 모두 보낼 수 있는 것도 아니었지만, 온 우주의 기운을 빌며 바랐던 간절함이 통한 셈이었다.

어느 토요일 오후에 "입소가 확정됐습니다."라는 문자를 받았고, 되도록이면 메시지를 받은 당일에 원으로 찾아와 사전 설명을 들으라는 거였다. 꽤 떨리는 마음으로 어린이집에 가 집중해 몇 가지 얘기를 듣고는 아이가 앞으로 내내 들고 다니게 될 가방을 받아들고 나오는데 기분이 묘했다. 조그만 등으로 가방을 메고 눈앞에서 사라졌다가 몇 시간이 지나면 나타날 아이의 모습이 그때만 해도 머릿속에 그려지지 않았다. '과연 정말 내가 없어도 될까?'라는 생각이 불현듯 떠올랐다. 예비 소집 날엔 아이들이 적응하기 위해 한 시간가량 선생과 함께 자유 시간을 보내는 건 어떨지 원장이 권유했다. 역시나 엄마도 아이도 처음인 경우가 대부분이므로 곳곳에서 말이 끝나기도 전에 조그만 울음소리가 들렸다. 결국 자리를 뜨지 못하고 아이와 함께 어린이집을 지켜야 하는 엄마가 대다수였다. 그중 망설임 없이 집에 다녀오라며 등을 떠밀고는 어느새 친해진 선생의 손을 잡고 교실로 유유히 사라지는 녀석이 있었다. 바로 내 딸이었다. 오히려 아이보다 걱정이 앞선 난 교실 문에 기대 "엄마 정말 집에 갔다 와도 괜찮겠어?" 하고 재차 물었지만, 이미 자신 앞에 쏟아진 블록에 온 정신이 팔린 아이는 내 얼굴은 쳐다보지도 않고 "다녀오세요!"라고 했다.

집으로 돌아와 어린이집이 내려다보이는 거실에서 서성거리다가 한 시간이 다 갔다. 어린이집에 처음 등원하는 날에 아이를 보내놓고 고요한 집이 어찌나 낯설던지 손을 놓은 채 이러지도 저러지도 못하고 아이가 오기 30분 전부터 엉덩이를 들썩거렸다. 보름간 그랬다. 어린이집이 내려다보이는 창문에 기대 똥마려운 강아지마냥 앉지도 서지도 못하는 나 자신을 지금의 내가 발견했다면 그 가벼운 엉덩이를 찰싹 때리며 "아무것도 아니다!"고 힘줘 말하고 싶다.

자유 부인이라는 말에 설렜다. 요모조모 시간을 쓰며 내가 하고 싶은 것, 배우고 싶은 것에도 투자할 여력이 생길 줄 알았다. 그런데 나 자신을 위해 한 건 고작 1년간 수영을 배우는 것이었다. 그도 그럴 것이 전쟁통을 치르고 아이를 어린이집에 보내고 수영장에 다녀오면 12시가 되고 집으로 돌아와 치우고 빨래하고 설거지하면 금방 아이가 하원할 시간이 다가오기 때문이다. 나보다 빨리 어린이집에 아이를 보낸 엄마들이 "시간 엄청 빨리 간다. 돌아서면 올 시간이야." 하던 말을 그제야 이해할 수 있었다. 처음에는 한 시간이 천 년처럼 느껴졌는데 말이다.

날마다 수영장에 가는 건 아니었으니 집안일이 생각보다 빨리 끝나 여유 시간이 있는 날도 많았다. 그렇다 해도 대단한 걸 하는 건 아니었다. 그렇게 바라던 자유 부인이었는데 아이가 없다고 마음 편히 쉴 수 있는 것도 아니었다. 그 사이 뭘 했냐면 아이의 물건을 사는 일, 아이의 사진을 정리하는 일, 아이의 반찬을 만드는 일 등 결국은 아이와 관련된 뭔가를 하는 거였다. '이게 뭐라고 그렇게 자유 부인이 되고 싶었나.' 하는 후회가 밀려왔다.

어린이집에 있는 아이를 자주 보쌈한다. 지지고 볶고 엉덩이 붙일 새 없이 정신이 없어도 녀석과 살을 부비고 있을 때가 제일 좋다는 걸 빨리 깨달았기 때문이다. 오늘도 유치원에 간 아이를 기다리는 다섯 시간이 50년만큼 길다.

잘하고 있다고 말해주세요

엄마라는 게 어떻게 좋기만 할까. 사나흘 내 속을 까맣게 태우면 이틀 예쁜 짓을 하는 아이는 아직도 어렵지만, 순간의 환희가 좋으니 이 사랑을 계속할 수 있는 힘을 얻는다.

아이가 네 살 때 두 번째로 이사했다. 겨울이었고 유독 골바람이 심했던 곳이라 바람을 뚫고 외출하는 건 생각하지 못했다. 종일 아이와 집에 있으며 이따금 멀고 작은 섬을 생각했다. 아이가 깨어 있을 땐 복작이고 냉탕과 온탕을 하루에도 열두 번씩 오가는 듯해 정신이 없었다. 아이가 까무룩 잠들면 갑자기 찾아오는 고요에 어색했고 어른과 대화하고 싶어 그만 눈물이 왈칵 쏟아졌다.

사람들은 산후 우울증이라는 걸 겪는다고 한다. 내 마음 고생은 작은 파도 정도로 지나간 편이었다. 지나고 보니 그때 내 마음의 무게가 조금 처졌구나 싶지 당시는 알아채지도 못했다. 어쩌면 처음인 모든 것에 의욕이 앞섰고 하루가 휘몰아치듯 지나갔기 때문일지도 모른다. 오히려 육아의 무게에 반응한 건 아이가 조금 크고 난 뒤였다. 아이 때문이 아닌 나와 같은 어른이 부재한 외로움이었다.

사람들에게서 떠밀리는 느낌을 받을 때 터놓고 말할 사람이 없어 이따금 엄마에게 푸념했다. 엄마는 "다 그렇게 살아. 그래도 애 잘 키우는 게 제일 중요하지."라고 말씀하셨다. 그 속내를 모르는 게 아니면서도 그 말이 서운했다.

가끔 힘이 나기도 한다. "네가 애를 이렇게 잘 키울 줄 몰랐다." 하며 툭 던지듯 말을 건넬 때다. 아이를 대신 한 번 안아주는 것도 아니고 어떤 값으로 육아의 공을 대신하는 것도 아닌데 그런 얘기를 들은 날은 며칠이고 힘이 솟으며 뭐든 다 할 수 있을 듯하다.

직장에서는 가시적 성과가 드러나고 그 덕분에 서로 북돋기도 한다. 동료가 곧 전우라는 이심전심 때문일까 감사할 뿐이었다. 퇴근 후 동료끼리 격려하는 맥주 한 잔에 내일은 더 잘해보자고 마음을 다잡기도 했다. 짬을 내 동료 사이에 터놓는 얘기로 골칫거리를 잠시나마 잊기도 했다. 그런데 육아라는 건 아이와 복작이기만 하는 시간에 떠밀렸다가 고요가 밀려들 때면 '혼자구나.' 하는 생각이 사무친다.

사람에게는 누구나 인정 욕구라는 게 있기 마련이다. 그로부터 가장 먼발치에 있는 게 어쩌면 육아자가 아닌가 싶다. 마땅히 해야 할 일이고 그래서 그 누구도 잘하고 있다고 말을 건네는 일에는 인색한 일.

아이가 어린이집에 다니는 동안 선생과 아이에 대해 긴밀하게 얘기할 수 있는 시간은 상담 때다. 그때 발달이 빠르고 사회성이 좋은 아이라고 칭찬을 들은 게 좋아 아이 아빠에게 얘기하니 "엄마와 같이 있는 시간이 많으니까 그렇지." 하고 응수했다. 그게 아이 아빠에게서 들은 유일하고도 뜨거운 칭찬이고 격려였다. 그 말이 좋아 꽤 오랫동안 그 말을 종이에 잘 써두고는 때마다 꺼내봤다. 나와 함께 자라는 아이, 내 땀을 모른 척하지 않고 자라는 아이, 그리고 그걸 알아주는 가족의 말.

외롭다고 힘들다고 푸념하는 육아자들이 바라는 건 그 하나일지도 모르겠다. 누군가 잘하고 있다고 어깨를 두드려주는 일. 값이 들지도 않고 땀 흘려야 하는 일이 아닌데도 사람들은 왜 그 말에 이리도 인색한 건지. 가족이라는 이름이 그렇게 어렵다.

전업맘과 워킹맘 사이에서

아이의 얼굴을 보기 전까지만 해도 당연지사 직장으로 돌아갈 줄 알았다. 대학 졸업 후 취직한 회사를 그만두고 출판사로 이직을 결심한 건 마흔에 '아이에게 어떤 엄마의 모습이면 좋을까.' 하는 생각으로 고심한 결정이었다. 그러니까 그런 마음으로 적어도 쉰까지는 직업의 현장에서 고군분투하며 아이에게 조금의 미안함을 가진 채 그럼에도 그게 아이를 위해 가장 좋은 선택이라는 자부심으로 살아갈 줄 알았다. 그런데 작고 연약하지만, 빛나는 얼굴로 힘껏 품에서 꼬물대는 아이를 본 순간 생각은 산산조각 무너졌다. 이러저러한 현실적 제반 사항이 따라주지 않은 것도 한몫했지만, 그렇게 난 '전업맘'이 됐다.

아이가 전부였다. 퇴근 없는 일터. 아침에 눈떠 밤중에도 끊이지 않고 육아는 계속됐다. 특히 낮에 귀가 예민한 아이는 시간을 들여 낮잠을 자는 법이 없었다. 그러다 보면 종일 나를 위해서는 책 한 쪽 읽을, 커피 한 잔 마실 여유가 없었다. 뭣보다 힘든 건 마음보다 몸이었다. 아이는 업어야 겨우 잠들었다. 덕분에 아기띠와 혼연일체가 돼 생활한 뚜벅이 생활에 몸이 아프지 않은 곳이 없었다. 그렇게 고단한 육체 피로를 덮고도 남은 것은 고스란히 아이의 성장과 발달을 한시도 놓치지 않고 눈으로 따라갈 수 있다는 기쁨이었다. 그러면서도 마음 한편 어느 순간 내가 공중으로 분해되는 순간을 염려했다. 어느 날 훌쩍 커버린 아이 옆에 더는 내가 설 자리가 없어지면 어떡하지, 그때 이렇게 빛바래고 사라진 내 모습은 어떻게 찾지, 다시 찾을 수는 있을까, 이따금 자는 아이의 얼굴을 가만히 내려다볼 때 정신없이 마음을 흐트러트리는 생각들에 신음하지 않았다면 거짓말이다.

그러면서 조용히 마음속에 합리화의 명분이 자라났다. 좁은 우물에서 자라난 오만한 생각이었다. '직장맘이 되었다면 사원증을 목에 건 채 커피 한 잔을 마실 때 쉴 새 없이 자라는 아이의 마음 어딘가에는 엄마의 빈자리가 보였을지도 모른다.' 하는 마음 말이다. 잠시라도 그렇게 생각하면 간절히 직장으로 돌아가고 싶은 마음이 조금이나마 가라앉는 듯했다. 아이러니하게도 그런 마음이 조금 누그러질 때 힘껏 아이를 사랑하는 마음이 들 때였다. 내 속으로 낳은 아이는 뭐를 해도 예쁘다. 그냥 예쁘다 정도가 아니라 내가 어떻게 너를 낳았지, 어떻게 너를 사랑하지 않을 수 있지 등 아이를 보고 있으면 그간 내가 알던 몽글몽글한 모든 감정이 되살아나는 것을 느꼈다. 엄마들이 그럴 것이다. 아이를 보고 있을 때의 마음은 한 가지. 그럴 때 가만히 내 마음의 소리에 귀를 기울이면 치열한 삶의 전선에 내몰리지 않고 아이가 자라는 것을 고스란히 곁에서 볼 수 있는 것에 진심으로 감사한다. 그러면서 한편으로 부러워하며 그들의 빈자리를 자신한 워킹맘들의 마음을 조금이나마 위로할 수 있었다.

실제로 잘 살고 있겠거니 했던 워킹맘 친구들의 얘기를 들으면 저마다의 고충이 하나씩 있었다. 친정의 도움도 마냥 편치 않고 시댁과는 불편하고 엄마들 사이에 정보나 관계에서는 뒷전이 될 수밖에 없는 현실, 뭐 이런 것도 괜찮았다. 가장 아픈 건 아이들이 엄마의 빈자리를 드러낼 때, 일찌감치 시작한 사회생활에 고단해하는 아이를 발견할 때다. 그런 얘기들을 가만가만 들으면 잠시 아이로부터 떨어져 훨훨 나는 듯 보이지만 종일 아이의 얼굴이 눈에 밟힐 '엄마의 마음'은 출근과 동시에 집에 두고 나오거나 업무 중에 잠시 어딘가 넣어둘 수 있는 마음이 아니란 걸 같은 엄마이기에 고스란히 알 수 있을 듯하다.

아이 곁에 있고 싶어 전업맘을 자처했다. 그럼에도 뭔가를 붙들고 싶어 짬짬이 닥치는 대로 일을 받는다. 그러다 보면 워킹맘의 처지와 마음을 십분 이해할 수 있다. 마감이 닥쳐오면 평소보다 아이를 조금 늦게 데리러 가고 집에 데려와 스케치북과 색연필을 쥐어주거나 영화를 틀어준 채 노트북에 코를 박을 때 손과 눈은 모니터와 키보드 위에서 쉴 새 없이 움직이지만 마음은 이미 아이 곁에서 어쩔 줄을 몰라 한다. 마음은 그러면서 일하는 중에 아이가 자꾸만 뭔가를 요구할 때면 뾰족하게 날이 서고 돌아서면 그게 또 미안해 내내 마음이 불편하다. 일단은 눈앞에 있는 것을 한시라도 빨리 집어던지고 아이를 끌어안아줄 때야 마음이 놓인다. 일에서 찾는 성취감이나 짧은 자유가 주는 달콤함과 비교될 수 없는 따스함이 충만한 순간이 비로소 아이를 끌어안는 순간이다.

그런 날은 일을 마무리하고 아이와 부둥켜 더 많은 시간을 보내려고 한다. 저녁을 차리는 일도 뒷전으로 미루고 내 시간을 아이에게 모두 내줄 때보다 더 다정한 엄마가 되려고 애쓰고 부르는 소리에는 즉각 달려간다.

전업맘이든 워킹맘이든 아이에게 느끼는 미안함을 열거하려면 끝이 없기는 마찬가지다. 전업맘이든 워킹맘이든 아이를 사랑하는 마음을 헤아리자면 눈물부터 앞서는 것 역시 매한가지다. 죄책감을 느끼는 엄마의 머뭇거림을 아이가 모를 리 없다. 그러니까 미안함보단 사랑하는 마음만 생각하자. 할 수 있을 때 당장 달려가는 것만으로도 아이는 충분히 사랑받음을 알아차리지 않을까.

프랑스 엄마처럼 될 줄 알았지

아이가 온 것은 뜻밖이었다. 1년쯤 후 임신을 준비할 계획이었다. 그럼에도 아이가 온 것은 반가웠다. 기척도 없고 형태도 불분명한 작은 콩알 하나가 배 속에 들어와 숨 쉰다는 것만으로도 하루가 이른 아침에 된장을 잔뜩 푼 배춧국에 밥 한 사발을 말아 먹은 기분처럼 든든하고 뜨끈했다.

'엄마가 된다면…'이라고 생각한 적이 살면서 얼마나 많았던가. 하지만 그 모든 건 정말 딱 상상에 불과했다. 결혼도 분명하지 않던 청춘의 길 한복판에서 육아에 대해 진지하게 고민할 기회가 얼마나 있었을까. 갑자기 찾아온 반갑고도 귀여운 손님을 위해 처음 산 책은 당시 엄마들 사이에서 누구나 사서 봤다는 〈프랑스 아이처럼〉이었다.

프랑스 엄마들은 그럴 듯했다. 육아 중에도 무릎에 닿을락 말락한 기장의 검정 원피스를 차려 입고 적당한 굽의 힐을 즐겨 신으며 허리를 곧게 편 채 한 손으로 아이를 번쩍 안고는 다른 한 손엔 책 한 권이나 들었을까 싶은 가벼운 에코

백을 메고는 긴 머리카락을 휘날리며 카페 거리를 활보하는 어디선가 봤을 법한 사진 같은 장면. 그 모습에는 이른바 전투 육아는 온데간데없고 고귀하고도 우아한 모성만이 가득할 거라는 상상. 그렇게 펼쳐본 책 속에는 프랑스 엄마들이 그렇게 판에 박힌 사진처럼 여성의 미를 자랑하기 위해 아이와 시작하는 기득권 싸움을 얼마나 단호하게 대처하는지에 관한 팁들이 정리됐다. 개중에는 꽤 육아에 도움이 되는 내용이 많았다. 그리고 뭣보다 엄마가 행복할 수 있는 방법들에 관한 것들에 고개가 끄덕여졌다. 엄마가 행복하지 않으면 아이도 행복할 수 없다는 걸 우리 세대의 엄마들은 물론 지금의 나 또한 종종 잊고 사니 말이다.

태교 중 책을 읽으며 그렇게 프랑스 아이와 프랑스 엄마 같은 우리의 미래를 다짐했다. 일찌감치 수면 교육을 실천해 돌 전에 아이와 잠자리를 분리하자고 다짐했다. 마냥 예스맘이 되기보단 절제의 미덕을 가르치리라고 자신했다. 그런데 아이를 낳고 보니 그 모든 건 그저 책에서나 가능한 환상에 불과했다. 생각보다 아이는 작고 연약했다. 게다가 태어나자마자 수술실로 들어가는 아이를 보는 순간 그간의 내 다짐은 와르르 무너졌다. 단호하기보단 언제고 비빌 언덕이 돼주고픈 마음, 내가 행복하기 전에 아이의 행복을 위해 언제고 달려가는 엄마가 돼야겠다고 다짐했다. 조그만 몸으로 안간힘을 쓰며 살아보겠다고 꼬물거리는 아이의 모습을 보는 순간 그렇게 다짐하고 말았다.

길을 헤매는 생각이 들 때마다 유명하다는 육아서를 본다. 어차피 책에서 말하는 육아와 현실 육아는 판이하다는 것을 여러 차례 경험했는데도 그렇다. 어쩌면 그저 기댈 곳이 필요한 것일지도 모른다. 정말이지 그렇다. 육아서의 대부분 실천 사항들은 마냥 어렵게만 느껴졌고 시도라도 해볼라치면 어딘가 한 군데가 나와 아이에게 맞지 않아 수포로 돌아가기 일쑤였다. 그런데도 계속해 책에서 해답을 찾으려 했던 건 마음을 다잡을 수 있어서였다.

육아 방법은 달라도 아이를 바라보는 시선은 모든 책이 하나를 지향했다. 마음껏 사랑하되 좋은 사람으로 양육할 것. 책을 보면 끄덕여지는 부분들은 대부분 그런 것이었다. 이미 알고 있지만, 자꾸만 헛도는 건 내 마음이 어지럽기 때문이었다. 책을 읽고 나면 그렇게 다시 오롯이 아이를 사랑하는 마음 하나로 돌아갈 수 있었다. 그러고 나면 책에서는 보지 못한 나만의 해답이 조금씩 선명해졌다.

이제 책 없이도 아이를 육아하는 나만의 노하우들이 생겼다. 돌이켜보면 책에서 말하는 것들과 너무나 다른 방향으로 가는 것도 많다. 아직도 아이와 잠자리를 분리하지 못해 허리를 끌어안고 잔다. 금요일 밤에는 늦도록 같이 영화를 본다. 단호하지 못해 '오늘도 예스맘이 됐네.' 하고 후회한다. 속상한 마음에 완벽한 엄마가 아닌 부족한 어른의 모습을 보이는 날도 있다. '실수투성이지만, 그래도 내가 잘하는 걸까?'라고 자문할 때 감히 '괜찮아, 잘하고 있어.'라며 나자신을 격려할 수 있는 건 모든 책이 한 목소리로 얘기하는 사랑으로 끌어안되 좋은 사람으로 기르기 위한 갖은 노력들을 날마다 실행하기 때문이리라. 그러니 육아 동지들이여, 내 육아가 책과 다르다고 지치거나 실망하지 마시기를. 우린 책보다 귀한 우리만의 방법으로 충분히 잘하고 있는 것일 테니 말이다.

한계를 인정할 때

아이는 예뻤다. 좀 더 정확히 말하자면 결혼 전엔 예쁜 아이가 예뻤다. 공공장소에서 어쩌지 못해 씨름하는 엄마와 아이를 볼 때면 나도 모르게 한숨이 나왔다. '저 조그만 애한테 저렇게 할 거까지 뭐 있지.' 싶었다. 그저 아이들은 말랑말랑하고 불면 날아갈 듯 작고 귀여운 솜털 같아 아름다운 존재라고 생각한 시절이었다.

그 작고 아름다운 존재가 내 배 속에 싹을 틔우기 시작했을 때 본능처럼 좋은 엄마가 되고 싶었다. 당시 내 마음속 좋은 엄마는 완벽한 엄마를 의미했다. 그때만 해도 어디 아이를 붙들고 씨름하는 일상을 상상이나 할 수 있었던가. 그도 그럴 것이 그때만 해도 아직 육아의 현실을 볼 만한 육아 선배가 주변에 없었다. 그저 어렴풋 상상에 맡기는 것밖에 도리가 없었다. 상상 속 아이와 난 언제나 그림처럼 안고 있는 것 하나뿐이었다. 그렇게 예쁘다고 보듬기만 하고 사랑한다고 달콤한 말들만 속삭이며 이따금 아이가 내 마음 같지 않을 때 '어린애하고 그 정도 협상쯤 뭐가 어렵겠어.'라며 당돌하게도 생각했다.

이런 상상들이 무색하게 아이는 배 속에서 나와 울음을 터
트리는 순간부터 어려웠다. 태어나 젖을 물리면 상상처럼
아이가 입을 쏙 가져다대는 건 줄 알았는데 그것조차 처음
에는 연습하고 헤매는 과정이 필요했다. 내 힘으로 되지 않
는 것들, 내 생각대로 되지 않는 것들, 그리고 미처 예기치
못한 것들이 계속해 육아의 현장에서 모습을 드러냈다.

중학교에 입학했을 때 가정 선생의 슬하에는 세 살 난 아들
이 있었다. 당시 중학교 1학년 아이들에게 세 살 난 아이의
얘기는 우습기만 했다. 그걸 안 선생은 수업 시작 전에 아들
의 일화로 수업 분위기를 환기했고 한바탕 웃게 한 후 수업
했다. 선생의 얘기로 전해들은 아이는 눈앞에 없는데도 귀
여워 어쩔 줄을 몰랐다. 그런데도 선생은 말미에 늘 한숨을
푹 쉬며 육아의 고충을 표현했다. 아이가 아주 신생아일 때
밑도 끝도 없이 몇 시간이고 우는 날엔 선생도 같이 앉아 소
리 내 울었다는 얘기를 듣고 선생이 마냥 철없게 보여 귀여
웠다. 파마머리에 앳된 얼굴을 한 선생의 푸념이 세 살 난
아들의 일화만큼이나 천진해보였다.

숨이 턱 끝까지 차는 날들의 연속을 보내며 이따금 그때 그
가정 선생의 얘기를 떠올린다. 중학생들 웃으라고 하는 과

장이 아니었던 것이다. 나 또한 주저앉아 아이를 붙들고 울고 싶은 날들이 이따금 찾아왔으니 말이다. 하루를 견디고 또 하루를 견뎌 아이가 네댓 살이 됐을 무렵 어깨에 힘을 좀 빼자고 나 자신을 다독였다. 좀 부족한 엄마여도 괜찮다고 말이다. 이렇게 안간힘을 쓰고 버티기만 하다가는 오래 달리기는커녕 중거리조차 뛰지 못해 주저앉게 될 수도 있다는 생각이 들었다. 한 고비 넘기면 찾아오는 다음 고비, 순간마다 처음이며 서툰 엄마였다. 그런데도 '너를 끔찍이 사랑하는 엄마면 되지. 다른 거 말고 함께 놀고 환하게 웃는 엄마면 되지.' 하고 생각하니 한결 마음이 편안해졌다. 아이를 붙들고 소리 내 웃는 순간도 훨씬 많아졌다.

힘을 빼는 건 나뿐 아니라 아이에게서도 마찬가지였다. 모든 엄마의 마음이 나와 같겠지만, 어쩐지 아이에게는 자꾸만 기대감이 쌓인다. 다 잘하는 아이로 만들어주고 싶은 순간들. 그런 것들이 마음대로 되지 않으면 불쑥 아이를 탓하는 날도 있다. 좀 전까지 '엄마'를 의기양양하게 소리 내 읽던 아이가 '마음'이라는 단어에서는 첫 음절도 떼지 못해 머뭇거릴 때면 이해할 수 없고 그림을 그리다 말고 자꾸 엉덩이가 들썩거려 꼬불꼬불 선들만 미완성인 채로 난무하는 스케치북을 보면 심호흡을 했다. 그조차 마음을 바꿔 '그래 넌 다섯 살이지. 괜찮아. 잘하는 게 있겠지. 그걸 찾을 때까지 기다려야지. 단번에 되는 게 없지.'라고 다독이면서 꼬불꼬불 지렁이 같기만 한 그림 앞에서도, 방금 전 찰떡같이 읽던 글자를 돌아서면 까먹어도 허허거리고 웃을 수 있다. 그 덕분일까. 아이 또한 엄마의 근심을 발견할 때보다 더 마음을 펴고 저 할 일을 자유롭게 해내는 듯하다.

아직은 아이가 어려 사실 그리 큰 기대랄 것도, 또 그리 큰 단념이랄 것도 없다. 자라면서 아이도 나도 맞닥트릴 한계가 더 많을 것이다. 자꾸만 그걸 뛰어넘자고 아이도 나도 무리하게 힘을 짜내려고 할 때마다 우린 물 먹은 솜처럼 축 늘어나는 무게에 결국 발라당 뒤로 넘어지고 말 것이다. '괜찮아 나도 좀 모자란 엄마, 너도 좀 서툰 아이일 수도 있어.' 라고 마음을 다독이면 아이와 내게 한없이 너그러워진다. 더디게 가더라도 우리에겐 분명한 행복이 몽글몽글하게 자라날 것이다. 아가씨 시절 '저 조그맣고 말랑말랑한 아이는 그저 예뻐하기만 하면 되는 거 아니야?' 하던 그 순한 마음처럼. 그러니까 오늘부터 내 육아의 마음가짐은 하나다. '너무 잘하려고 하지 말자!'

○ 2부 | 작고 반짝이는 내 아이

거짓말도 보여요

아이에게 어린이집 문턱은 유독 낮았다. 첫날부터 적응이 빨랐고 초반에 부지런히 다닐 때만 해도 한마디 군말 없이 다녀오는 재미에, 새 친구를 사귀는 재미에 푹 빠져 지내더니 올 것이 온 건지 어느 날 갑자기 어린이집 안 가겠다고 드러눕고 말았다. 아이는 잊을 만하면 때마다 핑계를 대며 유치원에 안 가도 될 만한 구실들을 만들어낸다. 보기에도 시름시름 앓는 기색이 완연할 땐 집에서 쉬라고 한다. 누가 봐도 말짱한 얼굴일 땐 여러 고민이 떠오른다. 배가 아프다고 하거나 피곤하다고 하거나 그도 아니면 무턱대고 잠을 더 자겠다고 할 때 이 조그만 어린아이 머릿속에서 나온 거짓말에 눈감아줘야 할 것인가, 눈을 크게 뜨고 억지로라도 등원할 것인가 번번이 갈등하지만, 아이에게 지고 만다.

어린이집에 다닐 때만 해도 내가 먼저 땡땡이를 주도했다. 활동하는 아이를 일찍 데려와 숲에 가거나 나들이를 가거나 근처 카페에 가 깜짝 데이트를 했다. 작정하고 보내지 않는 날도 여러 번이었다. 유치원은 조금 달랐다. 어린이집

도 짜임새 있는 일과였지만, 유치원은 그보다 교육에 가까
웠고 약속과 규칙이란 걸 배우는 첫 사회라는 생각이 들어
서였다. 살펴보니 아이는 반 친구들의 흐름에 따라가는 경
향이 있었다. 날이 좋아 반 친구들의 결석이 잦은 날엔 "어?
나도?" 하는 마음에 괜히 아픈 시늉을 했고 날이 추워 감
기에 걸리거나 집에서 쉬는 아이들이 많아지는 계절엔 잠
을 더 자겠다고 하거나 무작정 가고 싶지 않다며 떼쓰기도
했다. 그런데도 마음에 걸린 건 '아이가 유치원에 가고 싶지
않은 결정적 이유가 있는 건 아닐까, 내가 아이의 신호를 미
처 읽지 못해 지나치는 건 아닐까.' 하는 생각이었다. 조심스
레 마음을 들여다봤다. 가지 않겠다고 드러누워 떼쓰는 아
이를 좀 진정하게 한 후 "그런데 말이야. 혹시 진짜 유치원
에 가고 싶지 않은 이유가 있어?"라고 물으면 제법 솔직한
아이는 속상했던 일들을 얘기하기도 했고 어떤 날은 순전히
가기 싫을 때도 있었다. 왜 아니겠는가. 하물며 회사를 다닐
때도 즐겁던 대학 시절에도 무작정 '오늘은 좀 집에서 쉬고
싶다.' 하는 날들이 있었는데 아이 또한 마찬가지 마음일 게
다. 지금보다 더 자라 진짜 학교라는 울타리 안에 들어가면
가고 싶지 않은 이유는 더 많아질 테고 규칙은 더 엄격해질
것이다.

내가 초등학교 다닐 때만 해도 졸업식에서 받는 상장 중에
는 개근상이라는 게 있었다. 아차상처럼 아쉽게 하루 이틀

결석한 학생들에게 주는 정근상도 있었다. 오로지 개미처럼 부지런히 학교에 다니는 학생이라면 누구나 받을 수 있는 상이었다. 특기도 성적도 불문했다. 요즘은 초등학교에서 이 개근상이 없어졌다는 얘기를 들었다. 가정 학습이라는 명목으로 체험이나 여행을 중심으로 아이의 견문을 넓히자는 생각이 부모는 물론 학교 안에서도 자리 잡았기 때문일 것이다. 아이를 키우다 보면 나 또한 그런 배짱이 동하는 날이 있으면 좋겠다. 그런데도 그에 못지않게 한편으로 중요하다고 생각하는 건 비가 오나 눈이 오나 개미처럼 한 가지 일을 꾸준히 하는 마음과 근성이다. 그게 모여 아이가 사회를 배우고 약속을 지킬 수 있는 힘을 기를 수 있으리라 생각한다.

생각과 행동이 늘 같을 수만은 없는 법. 내가 보기에 아이는 아직 어리다. 품에 안을 수 있는 시간이 어림짐작해 3년이 채 남지 않았다. 그때까지는 아이의 어리광도, 눈에 보이는 뻔한 거짓말도 넉살 좋게 받아주고 넘겨주고 눈감아주려고 한다. 또 날이 풀리면 무작정 숲에 가자고, 날이 화창하니 엄마와 땡땡이 치고 동물원 가자고 말이다. 아직은 너도 나도 적당히 좀 게을러도 되는 시간이겠지. 때가 되면 넌 누가 시키지 않아도 조그만 등허리에 봇짐만 한 가방을 메고 개미처럼 아침저녁으로 종종거리는 날들이 올 테니 말이다. 오늘도 유치원에 가지 않은 아이와 나란히 앉아 영화를 보고 색종이를 접고 그림을 그린다. 아침에만 해도 분명 배가 아프다고 했는데 종일 고양이처럼 내 팔에 착 달라붙는 아이는 언제 그랬냐는 듯 입이 귀에 걸렸다. 나도 아이와 함께 보내는 하루가 싫지만은 않다.

계절처럼 아이도

대단한 더위였다. 덥다는 말을 잘하지 않는 나도 올여름은 숨이 막혀 덥다는 말을 하루에 열두 번도 더 했다. 만나는 사람마다 얼굴을 보자마자 하는 말이 날씨 얘기였으니 고단한 이번 여름은 꽤 기억에 남을 듯하다.

나와 달리 더위를 많이 타는 아이는 다섯 발자국만 걸어도 얼굴에 땀이 주르르 흐른다. 휴대용 선풍기며 물수건을 늘 갖고 다닌다. 이 더위를 이길 재간이 없으니 그저 잘 버티는 수밖에. 여느 집처럼 외출을 삼가고 물과 친했다.

올여름에 가장 긴장한 건 모기였다. 아이는 모기에 한 번 물렸다 하면 눈에 띄게 피부가 퉁퉁 붓고 벌게지고 진물까지 나는 알레르기 체질인지라 모기장을 마련하고 진작부터 둥근 모기장 안에 들어가 며칠을 지냈다. 예상과 달리 모기는 근처에 올 생각도 없었다. 반면 찾아온 불청객은 열대야였다. 모기장을 걷고 우린 이불을 둘둘 만 채 거실로 나갔다. 하루이틀, 그리고 한 달이 지났을까. 우린 침대를 버려둔 채 거실에 이불을 크게 깔고 여름 내내 지냈다. 처음에는 "그래 이거지!" 하며 좀 숨통이 트일 것 같더니 그것도 잠시 어떤 날은 에어컨을 밤새 틀어야 겨우 잠잘 수 있었다. 그러다 보면 오히려 찬바람이 골칫거리였다. 두 시간에 한 번 꼴로 잠에서 깨는 건 예삿일이었다.

아이야 알 턱이 있나. 곤히 자는 얼굴은 언제나처럼 평온하다. 틈틈이 일어나 녀석이 땀을 흘리진 않았는지, 살이 접히는 부분에 땀띠가 나지는 않았는지 수시로 확인하고 걷어차는 이불을 덮어주기 바쁘다. 그렇게 긴 여름이 지나가나 싶으면 여름의 9부 능선을 넘을 때쯤 말복이 온다. 그 끝자락에 불어온 바람이 그렇게 반가울 수 없다. 아이와 쓰레기를 버릴 요량으로 나갔다 눈 깜짝할 사이 얼굴을 바꾼 바람에 놀라 아이를 업고 아파트 단지를 한 바퀴 돌았다. "은유야, 가을이 오나 보다." 하고 몇 번이나 감탄했다. 그날 밤 여느 때처럼 거실에 이불을 커다랗게 깔고 누운 우린 사방으로 들이치는 새 계절의 바람에 마음이 들떠 잠을 이루지 못하고 다리를 부비고 몸으로 장난치며 한참을 뒹굴었다.

아이는 또 한 뼘 자랐다. 말도 얼굴도 키도 마음도. 아이의 성장은 눈빛이 말해준다. 사실 날마다 아이와 붙어 있으면 얼마나 크는지 어제와 또 다른 뭣이 생겨나는지 알아차리기 어렵다. 어느 날 녀석이 처음 뱉는 말을 툭 하고 꺼내놓을 때, 표정이 아기의 얼굴이 아니라 어린이의 얼굴이고 다큰 사람의 얼굴일 때 물끄러미 아이를 바라보며 생각한다. '너 잘 크고 있구나.' 그러니까 그건 계절의 신호 같은 거다. 새 계절이 오는지 알 턱이 없던 지루한 여름 그 끝자락에 어느 날 툭 하고 던지는 말처럼, 어느 날 표정을 달리 하는 얼굴처럼 그렇게 새 계절이 오는 것처럼.

한창인 계절보다 경계를 아스라이 넘는 순간을 좋아한다. 오랜 겨울을 깨고 슬며시 훈풍이 불어오는 봄의 문턱, 청춘의 기운이 느껴지는 봄과 여름의 사이, 더위를 잘 견딘 이들에게 선물처럼 찾아오는 선선한 초가을의 기운. 그리고 코가 시큰해져 옷깃을 여미다 또 한해가 간다고 얘기하며 성탄을 기다리는 마음. 모두 새로운 계절이 오는 것을 목도하는 순간 지난 계절의 성장을 확인하게 될 때다.

아무리 발을 굴러도 성큼 계절이 오는 법 없이 아이 또한 그런 게 아닐까. 아무리 애를 태워도 욕심대로 성큼 자라주지 않는다. 아이는 천천히, 그리고 자신의 속도에 맞춰 자란다. 난 잘 견디고 기다릴 뿐. 계절이 오듯 네게도 분명히 다가올 새 시간을.

극장 데이트

아이와 영화를 처음 본 건 세 살 되던 해 2월이었다. 긴 설
연휴가 끝이 날 무렵 큰마음을 먹고 아이와 처음 영화관을
찾았다. 아이보다 내가 더 설렜다. 〈뽀로로〉, 〈폴리〉, 〈타
요〉를 좋아하는 녀석과 극장에 왔다니. 첫 데이트를 앞둔
여자처럼 가슴이 뛰었다. 영화관 밖이라면 절대 허락해주지
않을 어마어마한 양의 팝콘과 그때만 해도 미지의 세계였
던 뽀글뽀글 사이다를 시원하게 안겨주니 이게 웬일인가 싶
어 따라나선 아이는 영화가 시작한 후 한동안 화면을 꽉 채
운 〈쿵푸팬더〉보단 팝콘과 사이다에 얼굴을 박고 먹기에
바빴다. 중간 중간 고개를 들면 보이는 동물 친구들의 표정
에 까르르 웃기도 했다. 처음인데 이 정도면 성공이라고 생
각할 무렵 아이의 손에서 팝콘 상자가 툭 하고 떨어졌다. 하
얀 팝콘들이 와르르 쏟아질 때 버터향이 어둠 가운데 훅 하
고 코 속으로 들어왔다. 순간 아이는 그제야 전원 스위치를
켜기라도 한 인형처럼 동그래진 눈으로 사방을 훑어보더니
"엄마 불 켜!"라고 큰 소리로 말했다. 아이가 하도 크게 외
치는 통에 여기저기서 웃음소리가 들려왔다. 원성이 나오지

않는 게 다행이라 생각하며 그 길로 아이를 안고 도망치듯 상영관을 빠져나왔다. 관람 시간 40분. 기대하지 않았지만 정말 이렇게 나올 줄은 몰랐는데 힘이 조금 빠졌다. 그래도 40분이라면 반은 성공한 것이다. 얼마 지나지 않아 또 다른 영화에 도전했다. 역시 팝콘과 사이다는 필수. 첫 영화 때와 비슷한 시간쯤에 아이가 화장실에 가자고 조르는 바람에 나왔고 그 길로 더는 들어가지 않겠다고 버텨 그 영화 역시 반쪽짜리로 남았다.

실수 몇 번을 거듭하고 아이는 온전히 앉아 영화 관람 시간을 다 채우기 시작했다. 영화 중간에 내 무릎으로 자리를 옮기거나 화장실에 다녀오겠다고 하는 날들도 있었지만, 대부분 영화의 재미에 홀딱 빠져 입을 헤벌리며 관람 시간을 다 채웠다. 그런 아이의 옆모습을 넋 놓고 쳐다보느라 정작 난 영화를 제대로 보지 못했다. 그래도 좋았다. 세상에서 처음의 것을 보는 듯한 긴장과 호기심이 이는 얼굴, 그런 아이의 얼굴을 보는 게 좋았다. 뮤지컬이나 연극을 보러 갈 때도 마찬가지였다. 그 얼굴을 보느라 내 자세는 90도. 얘기가 어떻게 흘러가는지도 몰랐다. 즐겁게 보는 아이의 얼굴보다 내 마음을 잡아끄는 얼굴과 장면은 없다. 이젠 아이의 손을 잡고 영화를 보러 가는 일이 일상의 재미로 자리 잡았다. 재밌게 본 영화의 시리즈가 개봉 소식을 알려오거나 좋아하는 감독이 새 영화를 들고 나온다고 하면 예고편부터 찾아보며 손꼽아 기다린다.

마니아라고 하기엔 전문성이 떨어지지만, 한때 주말이면 특정 영화관에 진을 치고 살다시피 할 만큼 영화를 좋아했다. 취향은 분명한 편이었다. 잔잔하다 못해 심심한 영화를 좋아했다. 그 사이 바람과 나무의 소리가 깃든 장면들, 에둘러도 고개를 끄덕이게 되는 진심을 말하는 사람들. 그런 것들이 있는 영화가 좋다. 나만의 마스터피스 컬렉션은 〈마더워터〉, 〈수영장〉, 〈안경〉, 〈러브레터〉다. 언뜻 봐도 눈에 띄게 일맥상통하는 데가 있다. 언젠가 아이와 금요일 밤마다 시답잖게 농담하며 이런 영화를 보는 날이 어서 왔으면 좋겠다. 과연 그래줄지 모를 일이지만.

그런 기대로 아이의 옆구리를 쿡 찔러 봤다. 바로 한국판 〈리틀 포레스트〉가 개봉할 때였다. 하루라도 빨리 보고 싶은 마음이 앞서는데 왠지 모르게 아이와 함께 보고 싶었다. 영화의 줄거리를 설명하며 꽃과 나무도 나오고 열매도 따고 멍멍이도 나오고 맛있는 음식도 잔뜩 해먹는 영화라고 하니 아이가 더 신난 얼굴로 당장 보겠다고 나섰다. '아이가 영화를 이해할 수 있을까, 성인이 대부분일 텐데 방해하지 않고 잘 버틸 수 있을까.' 하는 등 고민하며 보다 정 안 되면 중간에 나와 다음에 또 보자는 마음으로 상영관에 들어섰다. 다행인지 아이를 포함해 관객은 넷뿐이었다. 주말 이른 아침에 첫 영화였다.

아이는 내가 이해할 수 없는 부분에서 자꾸만 웃음이 터졌다. 소리 내 웃는 바람에 나머지 두 관객의 눈치를 시시때때로 살펴야 했지만, 그 와중에도 그런 아이가 귀여웠다. 상영관을 나와 재밌었냐고 물으니 고개를 힘줘 끄덕인다. 그날 점심으로 우린 양배추 한 통을 사와 극중 군침을 삼키게 한 오코노미야키를 만들어 먹었다. 완성된 오코노미야키 위에 소스는 영화 속 어린 혜원이처럼 아이가 뿌렸다.

영화는 재미와 오락이 목적이지만, 때론 삶의 지표가 되기도 하고 미처 몰랐던 혜안을 제시하기도 한다. 심심한 영화를 골라 보는 목적도 어쩌면 그런 데 있는지도 모르겠다. 지표를 찾아가기 위한 것들. 저마다 취향은 제각각이라 아이는 커서 어떤 영화를 좋아할지 모르겠다. 그게 뭐든 좋다. 아이가 좋은 것들을 골라 담을 수 있는 눈과 그릇을 품으면 좋겠다. 그리고 우리가 그것들을 서로 나누며 얘기할 수 있는 사이면 좋겠다. 영화 안과 밖의 세상에 대해서. 마주 앉아 툭툭. 우리가 그리는 이상으로 사이좋게 한 발짝 나아갈 수 있도록.

나만 바라봐

육아를 연애에 비유하는 사람이 있다. 나도 그랬다. 영원히 끝나지 않을 것 같은 짝사랑을 하는 기분. 그 흔한 밀당도 없고, 대가도 없는 이보다 짙은 사랑이 또 있을까 싶을 만큼 아이에게서 배우는 감정은 난생 처음의 것들이었다. 짝사랑 이라는 말이 꼭 맞게 아이는 좀 시원한 구석이 많았다. 어쩌 다 아이 앞에서 다른 아이를 들어 올리거나 눈을 맞추고 웃 어도 같이 고개를 들이밀며 '나도 예뻐요,' 하는 얼굴로 웃 는 아이였다.

그런 아이가 질투의 화신이 된 건 유치원에 다니면서부터. 늦바람에 질투라는 감정을 알아버린 아이는 내가 다른 아 이가 입은 옷을 칭찬해도 화냈고 동행한 아이 친구의 사진 을 찍어주려고 해도 엄마의 카메라는 오로지 자신만을 봐 야 한다며 감정을 쏟아냈다. 처음에는 그게 좀 웃기기도 하 고 귀엽기도 해 아이의 머리를 문지르며 "괜찮아. 엄마 어디 가는 거 아니야. 엄마한테는 은우가 최고야!"라고 대수롭지 않게 웃어넘겼는데 그럴 일이 아니라는 걸 깨닫기까지 그리

오래 걸리지 않았다.

지나가는 과정인 줄 알았는데 아이는 그 정도가 심해졌다. 하늘을 보고 "예쁘다."는 말만 해도 엄마가 다른 것 보고 예쁘다고 했다며 닭똥 같은 눈물을 뚝뚝 흘렸고 길에서 본 강아지나 고양이한테도 예쁘다고 하면 입을 삐죽거리기 일쑤였다. 많은 사랑을 주는데, 엄마는 오롯이 너만의 것인데 어째 질투가 폭발하는가 싶어도 아이는 들은 척하지 않았다. 어르고 달래 "엄마는 너를 제일 사랑해."라고 말할 땐 고개를 끄덕이는 듯싶다가도 어느새 제 친구들과 함께하는 자리에서 내가 다른 친구들에게 대답 한 번 해주고, 눈 한 번 마주치는 것만으로도 눈시울이 붉어지는 녀석이 돼버렸다. 아이 친구 엄마들 틈에선 비상령이라도 내려진 것처럼 "은우 엄마는 그냥 은우에게만 집중해요."라는 말까지 들었다. 앞날이 까마득하게 걱정이었다. 혹시라도 친구들 틈에선 이 주체할 수 없는 질투심이 독이 될까 싶어서 말이다.

아이의 행동이 계속되다 보니 처음에는 엉덩이 두드려 웃어넘기고 달래줬는데 단단히 화나는 지점에 다다랐다. 집 앞 도서관에 갔다 단짝 친구처럼 지내던 한 살 많은 언니를 만났을 때의 일이다. 여섯 살 언니는 아이를 보고는 반가운 마음에 만면에 미소를 띠고 달려오는데 순간 아이가 내 다리를 꽉 부여잡더니 다섯 손가락을 쫙 펼쳐 보이며 언니에게 "오지 마!"라고 말하는 게 아닌가. 책을 반납하다 말고 난 아이의 행동에 당황한 나머지 그날의 도서관 활동을 접고 집으로 돌아왔다. 잔뜩 이마를 찌푸리며 엄한 어조로 말했다. "언니 무안하게 그렇게 하는 게 어딨어? 은우 너도 그러면 좋겠어? 오지 마, 이렇게 하면 좋겠어?"라고 묻자 아이는 무거운 오리 입처럼 입술만 쭉 빼고 말을 아꼈다. 집에 와 참았던 울음을 터트리며 아이가 서럽게 말했다. "엄마가 언니한테 인사할까 봐, 엄마가 아는 체할까 봐 그랬어." 순간 쿵 내려앉던 가슴. 아이의 마음을 미처 읽지 못한 게 미안해 그제야 아이를 한참 안고서 등을 쓸었다. 작고 여린 몸처럼 나부끼는 마음이 얼마나 안쓰럽던지.

애착에 있어서만큼은 자신하며 아이를 키웠다. 누가보다 가장 많은 시간을 함께 보낸 사람이었고 표현에도 인색하지 않은 편이었기에 아이가 내 사랑에 고파할 날이 오리라고는 꿈에도 생각하지 못했다. 어쩌면 다섯 살 여자아이에게 찾아온 지극히 자연스러운 성장 과정 중 하나일지도 모른다. 그게 좀 유난하게 찾아왔을지도. 단 한 번도 이런 일로 속을 썩인 일이 없으니 이제라도 찾아온 지금의 복병을 잘 견디면 아이는 또 언제 그랬냐는 듯 시원하게 등을 보이며 "엄마 안녕!" 하고 호기롭게 외칠 날이 올지도 모른다. 발등에 떨어진 불을 끄려면 아이를 더 많이 안고 살을 부비며 사랑한다고 말하는 수밖에 없겠다. 아이는 요즘 하루에도 몇 번씩 내 얼굴을 마주잡고 제 얼굴을 부비며 "엄마가 좋아 죽겠어요."라고 말한다. 녀석이 아주 아기일 때 내가 한 사랑들을 그대로 따라 하는 거다. 언젠가 시원한 아이로 돌아가면 이조차 간지럽다고 하는 날이 오겠지.

지금 우리 모녀에게 찾아온 이 고비는 사랑할 수 있을 때 더 많이 사랑하라고, 표현할 수 있을 때 더 많이 표현하라고 찾아온 기회가 아닐까. "나만 바라봐."라고 좀 가두면 어떠랴. 어차피 마음은 오로지 네게 향해 있는 것. "엄마, 이제 그만 좀 하세요."라고 아이가 말하기 전까진 마음 놓고 더 많이 사랑을 표현해야겠다. 언젠간 이 끓어오르던 질투조차 간절히 그리워할 날이 올 테니.

내 꿈은 모녀 라이더

내 이마에는 세로로 3센티미터의 짙은 흉터가 있다. 딱 아이만 하던 다섯 살에 자전거 사고로 생긴 흔적이다. 당시 작은 시골 동네엔 개인 병원 두엇이 전부였다. 국민학교 시절 내내 다니던 집 앞 병원에서 마취하지 못한 채 꿰맸는데도 이내 울음을 그치고 퉁퉁 부은 얼굴로 배시시 웃으며 휠체어를 장난감 삼아 놀았다고 한다.

사실 어른들의 얘기로 전해 들은 휠체어를 타고 놀았다는 얘기나 마취하지 못한 채 꿰매면서 느꼈을 통증 따위는 까맣게 지워져 기억에 없다. 자전거와 충돌하기 전 좁은 골목에서 따라가려던 친구의 뒤꽁무니만큼은 이상하리만큼 선명하게 기억난다. 이후 일종의 트라우마 같은 것이 생겼다. 어떤 용기가 동해 자전거를 배웠으나 잠재의식 속에 남은 기억 탓인지 속도를 낼 수도 없고 저만치 자전거가 달려오는 모습만 봐도 지레 겁을 먹는다.

아이를 낳고 무의식 저 깊은 곳에 있던 트라우마는 제대로

존재를 드러냈다. 아이의 기질을 인정해 마음껏 뛰고 구르
게 하자는 것이 양육관이거늘 놀이터에서 놀다가도 아이가
자전거 근처에라도 갈라치면 멀리서 아이를 다그쳐 부른다.
내 걱정은 자전거에서 그치지 않는다. 가장 무서운 건 나도
아이도 모두 조심하지만 그런데도 곳곳에서 도사리는 사고
의 위험들이다.

그중 자동차도 역시 큰 몫을 차지한다. 이런 엄마의 걱정을
아무리 설명해도 깊이 체감할 리 없는 아이는 방아깨비처럼
고개를 힘줘 끄덕끄덕하고는 이내 또 까먹는다. 서너 살 때
까지만 해도 뒤뚱뒤뚱 내 손을 잡고 걷기 바쁜 아이였는데
속도를 내며 뛰는 일에 재미가 들린 후론 비탈길마저도 겁
없이 뛰어가며 뒤따라오는 나를 향해 혀를 삐쭉 내밀고 웃
는다. 어찌나 빠른지 따라가 겨우 잡으면 숨이 찬다. 아이의
어깨를 힘줘 잡고는 "엄마 봐봐. 네가 아무리 조심해도 건
너편에서 차가 이렇게 작은 아이를 보지 못하고 속력을 내
달리면 엄마와 영영 못 보게 될 수 있어. 정말 무섭지? 정말
무서운 일이야. 그러니까 이런 길에선 뛰는 거 아니야. 밖에
나오면 엄마 손을 꼭 잡고 걸어야 해." 이 정도 얘기하면 아
이가 그제야 좀 듣는 시늉을 한다. 그렇다고 찰떡같이 말을
알아듣고는 내 손을 꼭 잡고 걷는다거나 매사에 조심성 있
는 아이로 한순간에 변하는 건 아니다. 발을 굴려 뛰다가도
횡단보도를 만나거나 이쯤 되면 '엄마가 위험하다고 얘기하

겠구나.' 하는 곳이 되면 걸음을 멈추고는 돌아보며 '나 잘했지요?' 하는 얼굴로 웃는다. 그러기까지 얼마나 애간장을 태우며 아이의 뒷모습을 지켜보는지.

숨은 복병은 하나 더 있다. 아이는 씽씽카 타러 가자고 하면 자다가도 벌떡 일어난다. 만약 킥보드 대회가 열린다면 제 또래 중 열 손가락 안에 들 정도로 잘 탄다. 한 발을 들고 타거나 뒤로 힘껏 몸을 재끼며 재주도 부리고 속도도 자유자재로 빠르게 혹은 느리게 조절하며 내 마음을 들었다 놓았다 하는 것이 언젠가 만화 영화에서 본 것들을 흉내 내는 게 틀림없다.

자전거 사고의 영향 탓이었을까. 어릴 때부터 속도를 내는 일에는 영 젬병이다. 겁도 많고 의심도 많아 구름다리 같은 놀이 기구는 생각하지 못하고 놀이 공원에서 스릴 있는 기구에는 얼씬하지도 않으며 자전거나 킥보드도 타지 않는다. 그런 나와 달리 겁이 없고 뭐든 속도를 내는 일에 서슴없는 아이를 보며 걱정되지만, 내가 갖지 못한 대범함을 지니고 태어난 것 같아 다행이다.

그 대범함으로 지난여름엔 키 작은 자전거를 타며 저녁을 보냈다. 그 조그만 자전거로 어찌나 빠르게 속력을 내던지. 덕분에 뒤따라 가느라 운동했다. 봄이 오면 아이의 키에 맞는 새 자전거를 사주겠다.

자전거 트라우마가 있던 나도 아이를 낳고 자전거를 제대로 배우고 싶었다. 초등학교 때 단짝 친구에게서 자전거를 조금 배웠다. 자꾸만 기억이 앞서 몸은 익혔지만, 마음이 나아가지 못해 페달 한 번을 시원하게 밟은 기억이 없다. 그런데 아이를 낳고 이 작은 녀석을 뒤에 태우고 파릇파릇한 들판과 강변을 달리고 싶다는 생각을 처음으로 했다.

자전거 앞에서는 아이도 나도 공평히 초보다. 아이에게 자전거 하나 안겨주고 올봄엔 자전거를 배워볼까 한다. 앞질러가는 녀석을 따라가지 못해 가쁘게 숨을 쉬며 원하지 않는 달리기를 하는 게 아니라 속도를 맞춰 발을 구르며 아이와 더 먼 곳까지 내달려보고 싶다. 그리고 좀 더 욕심을 낼 기회가 된다면 아이를 내 몸에 바투 끌어안고 조그만 스쿠터도 타보고 싶다. 소리 내 웃으며 어디로든 떠날 수 있는 청춘들처럼 말이다. 어디까지나 욕심이고 꿈이다. 이대로 함께 걷거나 뛰는 일을 계속한다고 해도 나쁘지 않다. 우리가 함께라면 뛰든가 걷든가 혹은 내달리든가 그게 뭐라도 앞서가는 저편에서 머물러 손을 뻗을 것이다. 아이가 아기 시절 내가 그랬듯 저만치 앞서다가도 돌아와 내 옷자락을 잡아끄는 순간처럼.

네가 백 살이 돼도

아이는 신기하게도 숫자에 밝았다. 학습형 인간으로 아이를 키울 마음은 없었기에 물 흐르듯 아이의 선택을 기다리려고 하지만, 말이 많다는 점을 감안했을 때 한글과 알파벳과 숫자가 놓였다면 한글에 먼저 관심을 보이리라 생각했다. 예상과 달리 먼저 의욕을 보인 것은 숫자였다. 누가 가르치지 않았는데도 아이는 어느새 손가락을 하나씩 꼽아가며 비슷한 것들에 차례를 붙이고 자기 앞에 놓인 것들을 세거나 나누기에 빠르게 흥미를 보였다.

숫자에 밝은 아이가 하나부터 열까지 꼭 맞게 수를 세거나 딱 떨어지게 셈하는 건 아니었다. 하나였다가 열이 됐고 열 앞에 자신이 아는 가장 큰 수인 만이 오기도 했다. "엄마, 난 엄마가 만이십백만큼 좋아." 그럴 때마다 아이가 가진 개념을 바로 잡아줘야 하나 머뭇거렸지만, 엉뚱하게 수를 세며 만족하는 아이의 모습이 귀여워 내버려뒀다.

아이는 자연스레 나이에도 관심을 가졌다. 나이라는 개념을 확실히 인지한 아이는 희망 사항이 많아졌다. 당장 이룰 수 없는 것들을 꼬집어 나이로 정하면 불특정한 미래를 약속하는 것보다 실현 가능성이 높다는 걸 깨달은 것이다. 열 살 되면 꼭 함께 하고 싶은 버킷리스트 몇 개를 정했다. 강아지 키우기, 열 살 기념 여행 떠나기, 한라산 등반하기 등. 나도 아이도 손꼽아 기다리는 나이가 열 살 그러니까 내가 마흔일 때다. 아이와 손가락을 걸고 약속한 후 아이는 생각날 때마다 "엄마, 열 살 되려면 얼마나 남았어?", "엄마, 열 살 되면 강아지 키우기로 했지?" 라고 묻는다.

하루는 아이가 물었다. "엄마, 은우 열 살에 엄마도 열 살 되는 거 맞지?" 아이를 씻기고 뒷정리하느라 질문하는 아이의 마음을 미처 읽지 못하고 말했다. "무슨 소리야. 은우 열 살 되면 엄마는 마흔인데?" 아이는 믿을 수 없다는 얼굴로 힘껏 소리치며 "아니야, 엄마와 난 나이가 똑같으니까 은우가 열 살이 되면 엄마도 열 살이 되는 거지!"라고 답했다. 그쯤 되면 "그래, 엄마도 열 살 되는 거다!" 할 법도 한데 장난기가 발동해 "아냐. 엄마는 마흔이 되는 거야. 그렇게 나이를 먹고 할머니가 되는 거야."라고 말하고 나서 아이의 표정을 살폈다. 이내 아이는 눈을 크게 한 번 끔뻑하더니 적잖이 당황한 얼굴로 사라졌다. 다시 나타난 손에는 언젠가 뮤지컬 공연장에서 오천 원을 주고 구입한 별 모양 LED봉이 들려 있었다. 아이는 깜빡이는 LED봉을 사정없이 흔들며 한 손으로는 내 손을 꼭 잡고는 어린애처럼 나를 세워뒀다. 그러고는 꽤나 진지한 얼굴로 말했다. "엄마, 가만 있어 봐. 엄마에게 할머니가 되지 말라고 마법 거는 거야." 엄마가 나이 먹는 거 걱정해주는 녀석의 마음이 고맙기도 하고 마법의 힘을 믿는 생각이 사랑스러워 아이를 꼭 안아주며 이 아이와 함께 나이를 먹는 일에 대해 생각했다. 어쩐지 좀 서글픈 일이지만, 친구처럼 나와 함께 성장하는 아이를 보는 일 또한 꽤 기대되는 일이라고 위안했다.

얼마나 지났을까. 아직도 어린아이처럼 품에 안겨 다니기를 좋아하는 아이가 물었다. "엄마, 은우가 백 살이 돼도 안아줄 거야?" 등원까지 남은 시간을 가늠하며 아이에게 밥 먹이기 바빠 "그래, 엄마는 은우가 백 살이 돼도 안아줄게." 하고는 "근데 말이야, 은우가 백 살이 돼도 엄마가 옆에 있을까?"라고 이어 말하자 아이가 와락 슬픈 얼굴을 지으며 밥을 씹던 입을 멈추고 가만히 나를 쳐다봤다. 아차! 싶어 "아냐, 엄마는 은우가 백 살 돼도 옆에 있을 거야. 은우가 백 살 돼도 엄마가 은우 옆에서 꼭 안아줄게." 하며 지키지도 못할 약속을 해버렸다.

이내 금세라도 울 것 같은 게 언제였냐 싶게 발은 까딱까딱 얼굴은 싱글거리며 또 물었다. "엄마, 그럼 은우가 백 살이 돼도 귀엽다고 해줄 거야?" 나야말로 괜히 울 것 같은 마음이 돼버려 일부러 눈을 크게 뜨고 밝은 소리를 내며 네가 백 살이 되고, 일흔 할머니가 돼도 여전히 은우는 엄마의 아기니까 귀엽다고 하고, 사랑할 거라고 힘줘 말했다. 그러자 이번엔 다시 또 자신이 여섯 살이 되고, 백 살이 돼도 업어줄 거냐고 물었다. 아이의 말에 말문이 막혔다. 할머니가 된 아이의 모습이 눈에 선해져 또 그런 아이를 업는 내 모습을 상상하니 울컥 목이 멨다. 정말 그럴 수 있다면 얼마나 좋을까. 나도 할머니 너도 할머니 우리 둘 다 백발의 할머니가 됐지만, 넌 여전히 내 아이라서 지금처럼 다시 또 작고 연약한 너를 등에 업고 자장자장 재우고 내가 걷는 모든 길을 그때도 여전히 너와 함께할 수 있다면 얼마나 좋을까.

아이와 나 딱 서른 살 차이, 그러니까 정말 딱 아이가 말하는 그 백 살까지만 살면 더는 바랄 것이 없겠다.

네가 음악처럼 자라면 좋겠어

배 속의 아이가 꽉 차게 불러올 무렵 좋아하는 가수의 새 앨범이 나왔다. 대학 시절 아주 잠시 고시 공부를 하며 가슴이 꽉 막혀올 때, 마음처럼 되지 않는 사람의 관계에 괜히 헛헛할 때 나를 위로해주는 가수였다. 음유 시인이라고 흔히 칭하는 그의 노래는 가창력을 자랑하는 법 없이 늘 조곤조곤했고 내가 보낸 어린 시절과 작고 연약하지만 아름답고 소중한 것들을 노래하는 사람이었다. 아이가 음악을 닮는다면 꼭 이랬으면 좋겠다고 아이를 기다리는 태교 일기장에 조그맣게 적었다. 그때 즐겨 들은 노래는 루시드폴의 6집 《꽃은 말이 없다》 중 〈늙은 금잔화에게〉였다. 가장 어린 생명은 사는 동안 잔잔하고 소소하지만, 아름다워 오랜 시간이 지났을 땐 이런 노래를 읊조릴 수 있는 사람이 됐으면 좋겠다고. 노래를 듣는 내내 생각했다.

출산 전에는 새 음악이 나올 때마다 챙겨 듣던 인디 밴드 《좋아서 하는 밴드》의 노래 중 〈천체사진〉을 여러 번 들었다. 노래처럼 아이와 내가 꾸준히 걷는 하루의 조각이 모여 오랜 시간이 지난 뒤엔 크고 아름다운 천체 사진이 되기를 바라는 마음에서였다.

책을 더 좋아하지만, 고단함에 떠밀리는 벼랑에서 언제나 나를 끌어올려준 건 음악이었다. 이어폰을 꽂으면 세상과 단절된 채 오로지 분명한 소리로만 꼭꼭 씹어 다정한 위로를 건네는 게 좋았다.

결혼 전 밑도 끝도 없이 빨리 아이를 갖고 싶다고 이따금 생각했다. 가장 간절할 때 이상하게도 음악을 들을 때였다. 좋은 음악을 들으며 '나중에 아이를 낳으면 꼭 이 음악을 같이 들어야지.' 마음속으로 꼽아놓았다. 사실 아이를 낳고 보니 함께 듣는 노래는 〈뽀로로〉, 〈타요〉 등이다. 그래도 기회가 될 때마다 아이에게 좋은 음악들을 들려주고 싶다.

그 사람이 어떤 음악을 좋아하는지를 알면 면모를 짐작할 수 있다. 간혹 의외의 음악 취향을 가진 사람들을 만날 때도 있다. 대부분 그 사람이 지닌 색은 취향에서 드러난다. '의외인데?' 하고 들여다보면 내면에 그런 기질이 자리했다.

이십 대에는 음악에 귀가 무척 밝았다. 조예가 깊은 건 아니었지만, 음악에 대부분의 삶을 기댔다. 가사와 소리 하나하나에 꼭꼭 씹듯 마음과 몸이 반응했다. 그런데 아이를 낳고는 영 심드렁하다. '이렇게 아줌마가 된 걸까.' 싶은데 가만 보면 내 음악적 취향이 더욱 심심해진 탓이다. 대학 시절부터 좋은 음악을 나눠 듣는 친구가 있다. 아직 영혼이 자유로운 친구는 어느 순간부터 나와 다른 음악 노선을 탔다. 새롭고 좋은 음악이 듣고 싶어 하루는 친구에게 "요즘 뭐 들어?" 하고 물었더니 자신이 듣지 않지만, 내 취향일 듯한 걸 추천해줬다. 그러잖아도 내내 듣던 앨범이었다. 친구는 "넌 좀 읊조리는 음악을 좋아하잖아."라고 말했다. 가창력 따윈 안중에도 없다. 그저 진심의 가사로 나직나직하게 말하듯 읊조리는 노래들에 마음이 빼앗겼다.

나중에 아이는 어떤 노래들을 좋아하게 될까. 갑자기 집안 가득 채워지게 요란한 음악을 틀어대는 날이 오면 어쩌지 걱정되는 순간도 있다. 음악적 취향이 형성되는 데 나침반 역할을 할 수 있다면 좋을 텐데.

저녁이면 의식처럼 KBS 클래식 FM 〈세상의 모든 음악〉을 듣는다. 애청자가 된 지 15년째다. 오프닝 음악을 들으면 삶의 조각보처럼 라디오를 듣던 순간들이 하나둘 찾아온다.

직장 생활을 할 때 이 프로그램을 들으려고 6시 퇴근에 목숨을 걸기도 했다. 첫 직장은 비교적 저녁이 있는 삶이 보장됐다. 간발의 차로 늦어져 라디오 오프닝을 듣지 못하는 게 늘 아쉬웠다. 그만큼 애청한 라디오를 들을 때마다 잡히지 않는 그 뭔을 그렸던 건 아직 채 만나지 못한 아이였다. 어느 날 밥 짓는 저녁 내음이 진동하고 아이의 옹알이가 화음처럼 집 안에 번질 때 라디오의 오프닝이 시작되는 영화 같은 장면을 얼마나 반복해 그렸던가. 그게 현실이 된 지금 아이는 어디선가 라디오 진행자 전기현 씨의 목소리가 들리면 "엄마가 좋아하는 아저씨!" 하며 아는 체한다. 요즘은 들려오는 사연에 난데없이 질문도 한다. 덕분에 쿵 하고 마음이 떨어지는 순간도, 나직이 웃는 순간도 있다. 아이는 지금의 노래와 말을 모두 기억할까. 이 모든 것이 빛깔 고운 바탕이 돼 언제고 꺼내볼 수 있는 위로가, 천천히 나아가 가까워질 수 있는 지표가 됐으면 좋겠다. 그 어느 것보다 힘이 센 아름답고 순한 노래의 기운으로.

두 배낭

어린 시절 여행의 기억이라고 하면 선명해지는 몇 가지 장면이 있다. 차를 타고 지도에서조차 알아볼 수 없는 막다른 곳에 도착해 더 들어갈 수도 더 나올 수도 없어 애를 먹었던 기억. 우리의 두 번째 차였던 검정 프라이드가 간신히 오른 산길 아래로는 아찔한 낭떠러지가 내려다보였다. 우여곡절 끝에 막다른 길을 빠져나올 때 가늘게 한숨을 내쉬며 싱거운 농담들을 내뱉었다. 자동차 트렁크에는 4인용 남짓의 자그마한 텐트 하나가 있었다. 설악산에서 텐트를 치고 일어난 날 아침의 기운도 생생하다. 몸을 떨며 일어난 산의 여름 아침은 맑은 숲의 냄새가 진동했다. 어쩐지 몸은 찌뿌둥했지만, 물과 새의 소리가 한데 어우러져 자꾸만 입을 헤벌리고 두리번거리게 되는 기분 좋은 아침이었다.

그 뒤로 부모님과 함께한 여행이 몇 번 더 있었지만, 그리 많지 않다. 군인이었던 아빠는 작전 지역을 쉬이 벗어나지 못했고 주말에는 교회에 매였다. 그 탓이었을까. 겁이 많던 나 또한 과감히 여행을 즐기는 일이 그리 많지 않았다. 그러다

뒤늦게 혼자 하는 여행의 맛에 빠진 후 이보다 삶을 짜릿하게 해주는 게 없다고 지금껏 믿고 산다.

아이와 이따금 여행길에 나선다. 짧든 길든 두 배낭을 휙 둘러메면 그때부터 우리 앞에 펼쳐진 모든 길은 여행길이다. 아이가 어릴 땐 데리고 어디 한 번 나가려면 일단 짐이 문제였다. 자랄수록 짐은 단출해졌고 요즘은 어디 한 번 나서는 길엔 아이의 어깨에도 자그마한 배낭 하나를 둘러준다. 강아지 얼굴이 그려진 초록 배낭. 그 안에 저 좋아하는 장난감과 색연필, 그리고 작은 스케치북 등을 챙기라고 하면 입이 귀에 걸려 제 짐을 꾸린다. 때론 욕심이 과해 금방이라도 배낭이 터질 듯 짐을 꾸리기도 하지만, 그럴땐 여행길에 짐이 뚱뚱하면 안 되는 이유 몇 가지를 일러준다. 여느 때와 달리 군말하지 않고 덜어낸다. 여행길 앞에서는 어리광을 부리지 않는 게 녀석도 꽤 설레고 기대되는 눈치다.

그게 어디든 아이와 나서면 힘든 순간이 자주 찾아온다. 다 큰 어른도 걷고 기다리는 모든 여행에서는 이따금 지치는 법인데 아이는 오죽할까. 그럴 때 나도 그 마음을 알아채 안아주기도 하고 업어주기도 하지만, 이상하게도 여행길에선 아이가 먼저 보채는 법이 없다. 아이도 이제 아는 것이다. 엄마도 꽤 힘들 거라는 걸. 그래서 되도록 어리광을 부리지 말고 의젓하게 여행길에 힘을 보태야 한다는 걸. 아장아장

걷기 시작할 때부터 되도록 어디든 짐을 꾸려 나갔던 건 모두 짧은 여행이자 앞으로 아이와 내게 있을 긴 여행의 연습이기도 했다. 그 시간들이 쌓여 지금의 단단한 아이를 만들어낸 것이리라.

여행길에선 아이와 나 모두 공평히 초보다. 내가 아이를 온전히 보호해야 하지만, 나도 아이도 함께하는 모든 길이 낯설긴 마찬가지다. 그래서일까. 엄마와 딸이라기보다 동지 혹은 전우 같다. 버스를 타든 기차를 타든 비행기를 타든 익숙하지 않은 것을 기다릴 때의 흥분과 두려움, 낯선 길에서 만나는 새로운 음식과 풍경들, 집이 아닌 곳에서 하룻밤을 보낼 때의 설렘 같은 것들을 똑같이 나눈다. 여행길에선 아이가 평소보다 어리광을 줄이고 단단한 모습을 보여주듯 나 또한 평소보단 좀 더 관대한 엄마가 된다. 한 번은 함께한 여행지에 자그마한 문방구를 만났다. 나 어릴 때 학교 앞에 있던 문방구와 똑같은 모습인 보물 창고 같은 곳. 들어서자마자 아이의 입이 떡 벌어지고 눈이 휘둥그레지는 것을 보고는 아이에게 큰 인심이라도 쓰듯 갖고 싶은 것 다섯 개를 고르라고 하니 어디서 듣고 하는 말인지 모르겠지만 "엄마, 장난 아니다!"라는 말이 터졌다. 거기에 내가 고른 장난감까지 하나 더 보태니 그 조그만 것들을 제 배낭에 와르르 넣고는 여행길 내내 꺼내 보며 웃었다. 하루에 장난감 다섯 개라니 일상에서는 어림없는 일이다. 합이 만 오천 원도 채 되지 않았는데 재미와 평화로운 여행까지 덤으로 얻었다. 그뿐 아니다. 아이가 힘이 들 법한 숙소를 돌아오는 저녁에 내가 먼저 등을 내어 업어주면 아이는 "정말?" 하는 눈으로 좋아서는 나를 올려다본다. 묵직한 무게에 힘은 좀 들지만, 아이를 업고 걷는 낯설고 고즈넉한 길은 콧노래가 나오고 좋다.

계획을 세우지 않는다. 계획이 있으면 자꾸만 아이를 채근한다. 시간 맞춰 어딘가에 가야 하고 계획대로 셈해둔 것들을 다 해치우기 위해서다. 그런데 계획이 없으면 우린 그저 게으른 여행자들이 된다. 지나는 길 아이가 원하는 곳에 들어가 조금 쉬었다가 가기도 하고 우연히 들른 소품 가게에서 나갈 생각을 않고 아이가 흠뻑 빠져있을 땐 그대로 더 둔다. 지금 당장 가야할 곳이 있는 게 아니니까 우린 그저 이런 것들을 하러 온 것이니 말이다. 카페에 앉아 현지에서 막 받아든 낯선 지도를 보며 함께 어디 갈까 머리를 맞대는 것도, 지나온 길을 되새기며 저녁엔 뭘 먹을까 고민하는 것도 여행의 재미다. 그럴 땐 딸이 아니라 정말이지 마음이 잘 맞는 여행 친구와 함께하는 기분이 들어 피식피식 웃는다.

봄의 기운에 떠밀려 무작정 경춘선 기차를 타고 춘천에 다녀왔다. 하루짜리 짧은 여행을 함께하고 돌아오는 길에서 역으로 돌아가는 버스를 기다리며 우린 다음 여행을 또 기약했다. 함께 가고 싶은 곳들을 줄줄 대니 아이가 눈을 반짝인다. 그새 영근 눈으로. 더디 오는 버스를 기다리는 내내 보채는 법 없는 아이를 보며 '이 녀석이 언제 이렇게 자랐지.' 싶다. 걷고 기다리고 천천히 흐르는 시간을 즐기는 모든 일에 아이가 익숙해진다. 단단한 여행자가 되는 모양이다.

마음껏 어리광 부리렴

난 아이다웠던 순간이 많지 않다. "너 어릴 땐 말도 못하게 순했고 떼쓰지 않았고 울음소리가 길지 않았고 뭘 사달라고 조르지 않았어."라고 말하는 엄마에겐 아직도 그게 칭찬이다. 나도 그게 칭찬인 줄 알았다. 짐이 되지 않는 아이였다고 자부하면서 말이다. 그런데 아이를 키우고 보니 '그건 아이가 아니잖아.' 하는 생각이 들었다.

이상하게 어릴 때부터 아쉬운 소리가 입에서 잘 떨어지지 않았다. 가족에게도 타인에게도. 뭘 해달라고 하거나 사달라고 말하는 순간이 죽기보다 싫었고 어떻게 그 말을 입에서 떼야 할지 몰라 머뭇거렸다. 결혼을 앞둔 어느 날 아빠는 그런 내게 뭘 해줘야 할지를 몰라 해주고 싶어도 해주지 못할 때가 많았다며 아쉬움을 토로했다.

아이를 키우면서 느끼는 건 뭔가를 기꺼이 해줄 수 있을 때의 기쁨이다. 아이가 뭘 바란다고 혹은 뭔가를 사달라고 떼쓰는 것이 불편하지 않다. 그런 요구를 마음 편히 하는 게 더 감사하다. 그런데 아이도 나를 닮아서일까 무턱대고 마음껏 어리광을 부리지 않는다. 누울 자리를 살피는 거다. 번번이 "그러지 마라. 엄마는 네게 뭐든 해주고 싶고 또 뭐든 해줄 테니 얘기부터 해."라고 당부하지만 난 안다. 아이는 커갈수록 더욱 속이 깊어져 지금보다 말을 아낄지언정 무작정 떼쓰지 않을 거라는 걸 말이다.

하지만 아이는 아이인지라 속이 깊다가도 또 어느 땐 속수무책으로 내 속을 까맣게 태운다. 조그만 피규어를 모으는 재미에 산 초콜릿 앞에서는, 장난감 바구니 두 개는 가득 채우고도 남는 봉제 인형 앞에서는 끊어진 회로처럼 마구잡이로 떼쓴다. 집에 먹지도 않고 냉장고 가득 채운 초콜릿이나 정리할 수도 없이 넘쳐나는 인형들을 생각하면 가슴이 콱 막혀와 안 된다고 꿈쩍도 안 하지만, 어느 땐 그런 것들 다 생각하지 않고 그저 좋다는 거 안겨주고 웃는 얼굴 한번 보고 싶기도 한다. 평소에는 집에 있는 초콜릿을 먹으면 다음에 사준다고 하거나 인형이 아닌 다른 장난감으로 관심을 돌려보기도 하다가도 아이와 먼 곳으로 나들이를 가거나 특별한 경험을 하는 주말이면 아이처럼 머릿속 회로를 끊어버리고 아이보다 먼저 나서 "이거 어때?" 하고 아이의 마음을 읽기도 한다. 그때의 표정이 좋아 아이의 요구에 마냥 귀를 기울이고 싶다. 단호하게 "안 돼!"를 말하는 순간에도 끊임없이 속에서는 갈등한다. '이게 뭐라고!' 아이와 팽

팽한 줄다리기를 할까 싶어서 말이다. 하지만 한 번 그 줄을 놓아버리면 앞으로 더 큰 것들 앞에서 아이와 난 이른바 기 싸움을 할 것이다.

앞으로도 계속해 세상의 모든 것을 다 가질 수 없다는 것을 가르치기 위해, 기다리고 참는 것 가운데 성취와 소유의 기쁨이 있다는 것을 가르치기 위해 이따금 엄한 엄마가 된다. "안 되는 건 안 되는 거야. 모든 것을 다 해줄 순 없어." 하며 아이의 눈물 어린 요구에 못을 박는다. 그래도 아이의 마음이 작아지지 않았으면 좋겠다. 절제와 규칙을 배우되 언제고 비빌 언덕은 엄마이니 그게 뭐든 간절히 필요한 순간에 엄마를 부르기를 바란다.

30년 넘게 교회를 다니며 가장 많이 들은 건 '구하는 이들에게 주신다.'는 것이다. 아이를 키우며 익숙한 성경 구절을 여러 번 떠올린다. 때에 따라 많은 것을 제재하지만, 아이가 좀 응석받이가 돼도 부모는 기꺼이 아이의 엉덩이를 토닥여 줄 준비가 됐다. 그 마음을 간신히 참을 뿐이다.

지금보다 아이가 더 자라 제 몫을 스스로 찾고 더는 내 도움을 필요로 하지 않을 때가 오면 아쉬운 마음이 더욱 짙어질 듯하다. 그땐 뭐라도 해주고 싶어 아이를 졸졸 따라다니며 귀찮게 할지도 모른다. 그러면 아이는 그만 좀 하라며 손

사래를 치겠지.

아이가 지금 같은 시간이 많이 남지 않은 듯하다. 그 사이 누군가에게 피해를 주는 일이 아니라면 절제와 규칙을 모르는 막무가내가 되지 않는 한 어리광에 적당히 귀를 기울이고 모른 척 넘어가는 것도 마음껏 해주고 싶다. 오랫동안 아이가 그게 무슨 말이든 내 앞에서 머뭇거리지 않았으면 좋겠다. 이따금 호랑이 엄마가 돼 엄하게 "안 돼!"를 외치지만, 그 어떤 어리광도 다 받아주고 넘치도록 채워주고 싶은 게 엄마의 마음이라는 걸 아이도 모르지 않을 것이다.

맨발의 청춘

걷기라면 자신이 있다. 출산 전에는 마음이 어지러울 때마다 어디든 나무가 우거지고 인적이 드문 곳으로 가 발끝을 보고 타박타박 걸으면 모든 고민이 아무것도 아닌 게 되는 감정을 느껴 걷기는 내 나름의 치유법이다. 아이를 낳고 나서는 걷는 것으로 나를 치유하는 게 여간 어려운 일이 아니다. 갓난아이는 안거나 업어야 하고 외출이라도 한 번 하려면 민족 대이동 수준의 짐을 이고 지고 잠잠히 걷는 시간은 비현실적이다.

서울 남산공원은 아이와 내가 필요를 충족할 수 있는 최적의 접점지다. 우거진 숲과 공원이 있고 유아 숲 체험장이 있어 걷다 지치면 아이들 전용 공간에 들어가면 이보다 좋을 수 없다. 남산공원은 특히나 모래가 좋아 꼭 모래놀이 장난감을 챙겨 간다. 서너 시간은 거뜬히 공원에서 시간을 보낼 수 있을 정도로 아이가 좋아한다.

손이 발에 닿기 시작한 아주 어린 시절부터 신발이나 양말을 못 견뎌 하던 아이는 숲에 가서도 제일 먼저 하는 일이 신발과 양말을 벗는 일이었다. 아이를 데리고 외출 한 번 하려고 해도 마찬가지다. 버스를 타서 어디든 앉았다 하면 신발과 양말부터 제 손으로 벗는다. 그러다 보니 잃어버린 양말도 수두룩하다. 하도 신발과 양말을 벗는 통에 신발 주머니를 따로 갖고 다닌다.

아이를 낳기 전 이상만 생각할 땐 아이가 흙에서 자라기를 바랐다. 만지고 밟고 놀면서 자연과 벗하며 자라기를 바랐다. 아이를 낳고 나서 최대한 그 마음을 잃지 않으려고 하는데 막상 닥치니 그보다 걸리는 건 청결이었다. 혹시나 이곳에 왔다 가는 고양이나 강아지의 배설물이 묻지는 않을까, 미세 먼지가 위험 수준인 서울에서 이렇게 해도 괜찮은 걸까 해서 슬며시 찬바람이라도 부는 날은 데려가는 것부터 걱정이었다. 이런 엄마의 마음을 알 리 없는 아이는 아랑곳하지 않고 자유로운 모글리가 돼 머리를 풀어헤친 채 맨발로 모래밭을 뛰어다닌다. 혹여나 날카로운 물건에 발이 다치지 않을까 어떻게든 잡았지만, 아이를 더 자극할 뿐이었다. 쫓아가면 놀자고 따라오는 줄 알고 더 신나 까르르거리는 아이를 어느 순간부터는 내버려둔다. '건강하고 밝게만 자란다면 그보다 좋을 것이 없지.' 하고 힘을 뺀다.

모래밭이야 그나마 괜찮은데 놀이터에서는 정말로 걱정이

앞선다. 아이와 씨름해봤자 당해낼 재간이 없다는 걸 안 후 아이가 신발과 양말을 벗는 사이에 재빠르게 놀이터를 훑어보며 날카롭거나 찔릴 만한 물건이 있는지를 살핀다. 만면에 웃음을 띤 채 신나 놀이터 사방을 뛰노는 아이를 보면 어느 순간 나도 모르게 기분이 좋아져 '신발과 양말 따위 안 신으면 뭐 어때.' 하는 생각이 든다. 마음에 맞는 친구들을 그새 사귀어 그 친구들에게 맨발의 즐거움을 전수하는 게 어쩐지 개구쟁이 선동자 엄마가 된 듯해 함께 있는 엄마들 틈에서 좀 미안한 마음이 들지만, 모두 허허거리고 너털웃음을 짓는 건 나와 같은 마음에서일 거다.

한동안 아이가 좀 심하다 싶게 신발과 양말을 거부했다. 놀이터나 숲에서는 그렇다 치고 집에도 신지 않고 가겠다며 도리질했다. 그러고 보니 나도 신발에 대한 기억이 있다. 당시 꽤나 멋쟁이였던 엄마는 내게도 당신 취향의 옷을 마음껏 입히셨다. 당시 난 빛에 따라 오로라 공주의 얼굴이 변하는 홀로그램 운동화가 너무나 갖고 싶었는데 톰보이 스타일에 빠진 엄마에겐 통할 리가 만무했다. 엄마는 발목까지 살짝 올라오는 갈색 단화를 늘 신겨 주셨다. 그게 어찌나 답답하고 불편하던지. 내 보기엔 두 짝 모두 똑같이 생겨 왼쪽과 오른쪽도 늘 헷갈렸다. 벗고 싶던 그 신발의 질감이 생생히 느껴져 '이 녀석 혹시 신발이 불편한 건 아닐까. 그래서 발이 아프진 않을까.' 슬슬 걱정되는 마음으로 인터넷에 아이의 성향을 검색했다.

'신발 벗는 아이', '맨발로 노는 아이' 등 연관 검색어를 검색하니 의외로 고무적이었다. 맨발의 놀이는 치료법 중 하나로도 쓰일 만큼 아이의 감각을 자극하기 때문에 뇌 발달에 큰 도움이 된다는 거였다. 그러고 보니 아이는 맨발로 뛰어놀 때 가장 많이 소리 내 웃는다. 마치 집에서 못 견디게 간지러움을 태울 때처럼 말이다. 긴 걱정이 한순간에 가시는 것 같았다. 언젠가는 내가 따라다니며 신발 좀 벗으라고 해도 도망치며 그러지 않겠다고 할 때가 올 것이다. 조금 과하면 어떠랴. 오직 지금만 할 수 있는 일이니. 괜찮다면 함께하는 것도 좋겠다 싶다.

한동안 계절 탓에 집에 있다. 그 사이 아이는 자꾸만 공원 타령을 한다. 신발 벗고 놀기 가장 좋은 남산공원 말이다. 봄이 오면 가자고 손가락 걸어 약속했는데 뭣보다 걱정인 건 공기가 도와줄지. 그런데도 날이 풀리면 자꾸만 밖으로 나가 아이와 함께 걸어야겠다. 그게 어디든 이번엔 나도 아이 신발 옆에 사뿐히 신을 벗어둔 채 흙과 바람의 감촉을 느껴야겠다.

아픈 손가락

부모의 마음을 겪지 않고 그 마음을 가늠하는 건 섣부르다. 부모의 마음이 그렇겠지만, 어디서든 내 자식이 제일 예쁘고 특별하다. 아이는 불완전한 인간으로 태어나 계속해 완전해지지 못한 상태로 어른이 되는 과정을 경험할 것이다.

세상에서 가장 특별할 거라고 생각한 아이의 불완전을 발견하는 건 왜 이렇게 마음 한편이 저릿하는지 모르겠다. 아이가 가장 먼저 좌절을 경험하는 건 또래 사이에서다. 뭔가 빼앗겼을 때 혹은 거절당했을 때의 마음. 그 마음을 보는 내 마음은 꽉 움켜쥔 캔처럼 더욱 쪼그라든다. 부모의 마음이야 이 모든 감정을 다 겪지 않고 꽃길만을 걷고 행복이라는 단어만 조물거릴 수 있으면 좋겠다고 생각하지만, 우린 이미 알고 있다. 세상이 그렇게 만만치 않다는 것을. 그리고 지금 아이가 겪는 좌절이 살면서 겪을 수 있는 숱한 좌절 중 가장 미미하다는 것 역시도 말이다. 그런데도 이 작은 것 하나도 마음이 아파서 초조하다. 나서서 아이의 문제를 대신해결하고 싶기도 하고 빼앗긴 물건들을 되찾고 싶기도 하지만, 그렇게 해서는 아이가 온전히 두 다리로 설 수 없다는 것을 알기에 짐짓 아무렇지 않은 척하며 뒷짐만 지고서 아이가 실타래를 어떻게 풀어나갈지를 지켜본다.

간신히 실타래를 풀 때도 있지만, 아직은 왕 하고 울음을 터트리며 내 품에 안긴다. 그럴 땐 그저 말없이 아이의 작은 뒤통수를 쓸어준다. '괜찮아. 엄마도 다 그렇게 자랐어.'

아이는 호기심이 강해 뭐든 달려든다. 이따금 그 모습을 보는 날엔 괜히 마음이 차오른다. 그래서인지 손가락 아픈 날이 그리 많지 않았다. 그런데도 속은 겁이 많은 녀석이라 남들 다 하는 일들 앞에 겁을 내고 꽁지를 빼는 날도 있었다. 때론 손가락이 아파 녀석을 등을 쓸어주지만, 나도 한낱 부족한 사람이라 자꾸만 아이의 등을 떠미는 날도 있다. "뭐가 무섭다고 그래. 괜찮아. 모두 하잖아." 하면서 말이다. 그런 날엔 괜히 뒤돌아서 내 발등을 찍고 싶다.

나도 그랬다. 나야말로 겁쟁이였고 열등감이 많아 주춤거리고 좌절하는 날이 많았다. 그걸 보는 부모는 마음이 타는지 그걸 고스란히 내게 다 비친 적이 많았다. 아픈 손가락에 약을 발라야 단단해져 크게 뛸 수 있는 법인데 그 정도는 그냥 둬도 다 낫는다고 그러니 털고 멀찍이 뛰어보라고 채근하는 말들에 울기도 했다. 그걸 알아서인지 아이의 등을 떠

민 날은 돌아와 자꾸만 미안하다고 한다. 나 또한 불완전한 인간이기 때문일 것이다.

부모에 대한 연민이 생기기 시작하면서 부모를 더 사랑하게 됐다. 엄마는 아이가 세 살이 되던 해에 갑상선암을 진단받았고 수술 두 차례를 받았다. 그 사이 얼굴이 수척해졌고 눈에 띄게 기력이 쇠약해졌다. 씩씩하기론 빠지지 않는 분이었는데 말이다. 그런 엄마를 지켜보며 엄마가 더욱 아이 같이 보였다. 암 수술을 받은 후 예민해진 탓에 불쑥 화내고 그게 불씨가 돼 싸우기도 하지만, 완벽하기만 할 것 같던 내 부모도 완벽할 수 없는 존재라는 것을 깨닫게 된 후 얼굴을 붉히며 감정을 드러내는 일조차 무력하게 느껴졌다. 처음으로 엄마라는 손가락이 아팠다.

'아픈 손가락'이라는 말은 자식 여럿 중 제일 연약해 마음이 기우는 녀석들에게 흔히 쓰는 말이다. 내 자식은 단 하나인데 등이 꼿꼿해지게 자랑스럽다가도 아프다. 고작 6년을 키웠다. 그리고 아이와 내 앞에 기다릴 앞으로의 길은 완만하지 않을 것이다. 난 이 아픈 손가락을 앞세워 걸으며 내내 불안하고 내내 아플 것이다. 와락 달려가 마음껏 안아줄 수 있는 날은 또 얼마나 남았을까 셈해보기도 한다. 오랜 시간이 지나 언젠가는 아이가 제 길을 꼿꼿이 갈 수 있게 조금은 더 먼발치에서 걸어야 할 날들도 올 것이다. 그때도 여전히 일그러진 캔처럼 마음이 저릿할 것이다.

연약하고 가엾어도 성실히 피는 꽃처럼 순하게 아름다웠으면 좋겠다. 피고 지는 반복 가운데 엄마가 날마다 물을 주고 예쁘다고 말해줄게.

엄마와 숲요일

숨이 턱턱 막히는 고등학교 3학년 여름 방학. 입시의 능선 8부쯤 올랐을까. 유일하게 숨을 돌릴 수 있는 곳은 고개를 돌리면 운동장 저편에 우람하고도 단단한 자태를 자랑하는 품새와는 달리 잠자듯 조용한 얼굴로 우두커니 선 플라타너스 한 그루였다. 장마 사이 간간이 찾아오는 소강 때 그 나무 근처를 자박자박 거닐면 아직 물기를 다 털지 못한 젖은 플라타너스 냄새가 코를 간질였다. 그 냄새가 불안하고 흔들리는 시간들을 잠잠히 위로해주는 듯했다. "괜찮아. 목전에 빛나는 네 청춘이 기다리고 있어. 이렇게 초록으로 빛나는 청춘이야!"라고. 난 그 나무의 향을 찝찌름한 냄새라고 불렀다. 나무 아래서 깊은 숨을 들이쉬면 터널 같이 긴 시간을 다시 또 걸을 수 있는 힘이 생겼다.

입시 기간은 고요하고 평화로웠으며 그저 묵묵히 걷기만 하면 모든 것이 그만인 그야말로 순수의 시간이었다.

청춘의 모든 것은 예상 밖이었다. 짜릿하게 빛나는 순간이 있는가 하면 때마다 놓인 허들을 넘지 못해 서성이고 넘어질 때가 부지기수였다. 무리에서 치기를 자랑하는 날이 있는가 하면 철저히 혼자 외따로 떨어져 견뎌야 하는 시간도 여러 번이었다. 그때마다 급히 어딘가의 숲을 찾아 무작정 걸었다. 혼자 발끝을 보고 타박타박 걸으며 발이 자갈을 꼭꼭 씹듯 하는 소리에 귀를 기울이면 어느새 고개를 들 수 있는 용기가 생겼다. '이쯤 되면 하늘을 올려다봐도 괜찮겠다.' 싶은 순간 그렇게 올려다본 하늘에는 쏟아질 듯 촘촘히 붙어 선 나무의 잎이 바람의 속도에 맞춰 천천히 율동했고 서로 몸을 비비는 소리만이 공기를 가득 채웠다. 이른바 작지만 확실한 행복, 소확행이자 자가 치유법이었다.

무사히 청춘이라는 하나의 터널을 통과하고 내 삶에 가장 귀한 선물 하나가 걸어 들어왔다. 조그맣게 달싹이는 입술, 새까맣게 반짝이는 눈으로 나를 부르는 이름, 딸아이였다. 철저히 혼자가 돼 숲에 들어가 하나의 발소리에 귀를 기울이고 침묵 가운데 마음을 털어놓던 울타리 안에 유일한 숲 친구가 생긴 것이었다.

아이가 넘어질 듯하며 서너 걸음 뒤뚱뒤뚱 내달리고 다시 또 주저앉다가 털고 일어나 걷기를 반복하던 무렵부터 아이와 함께 숲을 찾았다. 혼자일 땐 종로 일대 익숙한 숲만을 찾았다면, 숲 친구가 생긴 이후로는 의욕이 앞서 서울과 수

도권에 숨겨진 이곳저곳 숲을 찾았다. 크고 작은 꽃이 잘 심긴 숲, 작은 냇가가 있는 숲, 아이들을 위한 체험장이 잘 조성된 숲, 산을 따라 이어지는 둘레길이 아름다운 숲 등 얼핏 보면 비슷한 색깔과 모양의 그저 같은 숲이지만, 그 안을 들여다보면 저마다 다른 특색이 있어 찾는 곳마다 각각의 재미가 있었다.

이제 막 걷기 시작한 아이를 숲에 데려가면 숲의 시간을 오롯이 즐기던 이전의 난 온데간데없고 대부분 엉거주춤한 자세로 금세라도 아이가 넘어지면 달려가 엉덩이를 받치려고 아이 뒤를 졸졸 밟는다. 하지만 노심초사 그런 엄마 마음을 알 턱이 있나. 아이에게는 이보다 넓고 신나는 놀이터가 없다. 조그만 주머니를 하나 안겨주면 하얗고 말랑한 고사리 손으로 그 안에 떨어진 잎이며 작은 돌이나 열매 따위를 주워 담는다. 집에 가져가면 금세 어딘가에서 개미들이 내 집 아니냐며 줄을 이어 반색할 것 같지만, 아이에게는 가슴 뿌듯한 오늘의 전리품이다. 잠들 때까지 돌을 세고 잎으로 아이가 좋아하는 여러 동물 모양을 만들고 잘 익은 열매는 엄마 몫과 제 몫까지 챙겨 나누기도 한다. 아이가 자라면서 좀 더 열심히 숲을 찾는다. '엄마와 숲요일'이라 이름 붙이고 규칙적 시간과 방식을 정했다. 현관에는 모래 놀잇감 몇 개와 작은 주머니, 그리고 플라스틱 물통이 담긴 광목천으로 지어진 작은 가방 하나를 걸어뒀다. 이 가방 하나만 있으면 언제든 숲으로 달려갈 준비를 마친 셈이다.

보슬비가 흩뿌렸다. 우산 없이 우비만 입은 채 크게 노래를 부르며 숲을 걸었다. 물기를 가득 머금은 나무들은 온 힘을 다해 저마다 짙고 달짜근한 향을 뿜어냈다. "은우야, 지금이야. 흠 하고 공기를 마셔 봐." 하면 아이는 나를 따라 고개를 하늘로 치켜들고는 눈을 반쯤 감은 채 흠 하며 팔까지넓게 열어젖힌다. 어느새 나보다 숲을 더 즐긴다. 빗속의 숲은 어둡고 인적이 드물어 이따금 아이의 손을 힘줘 잡게 될때도 있지만, 함께하는 숲은 혼자인 숲보다 힘이 있어 설핏스치는 불안은 금세 노래 뒤에 모습을 감춘다. "은우야, 그노래 불러볼까! 숲속에 소풍 갔다가 실로폰을 깜빡 놓고 왔어요." 한 발 앞서 걷는 아이가 한 소절이 끝나기가 무섭게바짝 따라붙어 다음 소절을 내뱉는다. 새와 바람, 그리고비의 소리가 나지막하게 리듬을 보탠다.

이 아이가 내게 오지 않았다면 이렇게 갖은 소리로 생동하는 숲을 알기나 했을까. 숲의 리듬을 타고 전해질까 싶어 조그맣게 마음을 읊조려본다. '은우야, 아니? 엄마에겐 네가가장 깊고 아름답게 빛나는 숲이란 걸.'

우리 노르웨이에 가자

하루는 도서관 수업 중 세계 여러 나라의 어린이들에 대해 배웠다. 이어지는 연계 학습으로 아이스크림 막대에 종이를 오려 붙여 작은 국기를 만드는 놀이를 했다. 익히 아는 국기도 있었고 나조차 생소한 나라의 국기도 많았다. 나도 배우는 심정으로 하나하나 나라와 수도를 소리 내 읽으며 아이와 함께 각 나라의 국기를 오리고 붙였다. 아이도 낯선 이국에 대해 배우는 게 퍽 재미있는지 수업을 마친 후 선생께 국기가 프린트된 종이를 한 장 더 달라고 하더니 한참 들여다본 후 고이 접어 가방에 넣었다.

집에 돌아와 저녁을 지었다. 아이는 기다렸다는 듯 내 가방에 넣어둔 종이를 꺼내더니 한참 옹송그리고 앉아 오리고 붙이기를 계속했다. 이내 붉은색 바탕에 하얀 테두리에 파란 십자가 그려진 깃발을 들고 와 흔들더니 "엄마, 노르웨이! 노르웨이!" 라고 외친다. 아이가 아는 나라는 일본, 미국, 한국이 전부였다. 이따금 다녀온 동남아 어느 도시의 이름을 소리 내며 국가처럼 얘기하기도 하고 아직 국경의 개념이 없어 "엄마, 제주도는 우리나라야? 아니야? 엄마, 부산은 우리나라야? 아니야?" 하고 묻는 게 고작이었던 아이에게서 '노르웨이'라는 단어를 처음 들어 놀랐다. 흘려듣지 않고 저 좋아하는 뭔가를 기억해낸 것이 대견해 머리를 쓰다듬었다. "우와! 은우, 노르웨이도 알아?" 아이가 양 어깨를 들썩이더니 말했다. "아까 선생님이 그러셨잖아. 노르웨이는 눈이 많이 오고 추운 나라라고." 그랬다. 아이는 겨울을 좋아했다. 이유는 명료하고 간단했다. 눈이 많이 오기 때문이다. 긴 겨울에 서른다섯 해를 치인 덕분일까. 봄을 기다리는 일에 이골이 난 이유 때문일까. 지금은 따뜻한 계절이 좋다. 카디건 하나 걸치고 나가 어디든 한참 걸어도 지치지 않는 날씨. 그런 나 역시도 겨울이 제일 좋다고 말한 시절이 있었다. 겨울 아침에 일어나면 불투명한 유리 사이로 하얗게 빛이 어릴 때 기다리던 눈 소식일까 흥분되는 마음으로 서둘러 창문을 열어젖힌 날들의 기억이 해마다 겨울이면 아직도 선명하다. 유독 추위를 많이 타 걸어 다니기 어려울 정도로 뚱뚱하게 옷을 입고도 날이 어둑어둑할 때까지 눈밭에 구르던 기억까지 말이다. 누군가 좋아하는 계절을 물으면 고민하지도 않고 "겨울이요!"라고 말한 시절에 웃음이 유쾌한 외숙모는 "겨울을 좋아하는 사람은 멋쟁이라더라!"고 말씀하셨다. 언제부턴가 초록의 계절이 좋아졌는지는 모르겠지만, 어느 날 아이에게 좋아하는 계절을 물을 때, 그리고 아이가 어린 시절의 나와 같이 서슴없이 겨울을 꺼내 얘기할 때, 딱 그때의 말이 떠올라 "은우, 멋쟁이구나!" 하고 얘기해주며 아이에게서 묘한 동질감을 느꼈다.

아이는 어김없이 겨울을 기다린다. 찬바람이 불기 시작한 초가을부터 그럼 곧 겨울이 오는 거냐며 채근한다. "아직 가을인 걸. 은우는 왜 겨울이 좋아?" 하고 묻자 역시나 눈을 기다리는 마음이다. 그런 아이에게 기다림 없이 눈을 자주 볼 수 있는 나라가 있다니 얼마나 놀랍고 반가운 일이겠는가. 노르웨이를 기억해낸 것이 이상하지 않다. 이후 아이의 노르웨이 사랑은 계속됐다.

여행이 가고 싶은 날엔 아이의 말랑거리는 손을 잡고 "은우야, 우리 내년 이맘땐 여행 가자."라고 다짐하면 이내 마음이 하늘 가운데 있는 듯했다. 아이도 같은 마음이었는지 말이 끝나기 무섭게 턱을 쳐들고는 눈을 반짝이며 "노르웨이?" 한다. 순간 웃음이 터졌다. 아이의 머릿속에 노르웨이는 대관절 어떤 모습이기에 이렇게 시도 때도 없이 튀어나오는 걸까.

평소 텔레비전을 보지 않는 대신 아이와 주말마다 맛있는 간식거리를 잔뜩 사다가 〈걸어서 세계 속으로〉나 〈세계 테마 기행〉 중 궁금한 나라의 모습을 여행하듯이 엿본다. 그 계기가 된 것 역시 노르웨이였다. 마음이 복잡할 때마다, 넋 놓고 풍경에 빠지고 싶을 때 혹은 여행이 못 견디게 가고 싶을 때마다 나 역시 자주 틀어놓는 프로그램이었는데 문득 생각이 나 아이에게 물었다. "우리 노르웨이 여행 가는 프로그램 볼까?" 했더니 아이가 흔쾌히 응했다. 눈과 숲의 나라에 대한 동경이 조금씩 커졌다. 세계에 매력 있는 도시가 얼마나 많은지를 주말마다 경험하는 아이는 유심히 봤다가 프로그램 속에 등장하는 생소한 음식을 해먹자고 제안하기도 하고 인상 깊게 봤던 풍경을 얘기하며 그림을 그리기도 한다.

지난 삶을 후회하지 않으려는데도 몇 가지 후회되는 게 있다. 그중 하나가 바로 여행이다. 자유롭고 젊은 시절 더 많은 도시와 사람을 경험하지 못한 것. 용기가 부족했던 탓이다. 아이는 되도록 많은 도시와 사람 사이를 유랑했으면 한다. 두려움 없이, 경계 없이. 당장 일상을 제쳐두고 세계 일주라도 떠날 수 있다면 좋으련만 그럴 수 없는 현실에서 아이와 내가 할 수 있는 건 되도록 다양한 간접 경험을 하는 것이다. 꼭 미디어가 아니라도 괜찮겠지. 최근엔 커다란 지도가 그려진 책을 하나 샀다. 각각의 지도 곁에는 그 도시의 특징이 그림으로 보기 쉽게 그려졌다. 아이의 입에서 이국의 도시가 소리 내 나올 때 언젠가 아이가 그곳에서 보고 느끼고 경험하는 시간을 슬며시 그려보기도 한다. 난 그러지 못했으니 아이는 자유로이 맘껏 그리기를 바라는 마음이다.

이국에 다녀온 아이는 이따금 내게 와 내가 보지 못한 세계의 얘기들을 미주알고주알 늘어놓을 것이다. 난 그것만으로도 됐다며 그 얘기를 듣는 것만으로도 마음이 마냥 차오를 것이다. 이번 주말엔 노르웨이의 이웃 나라 핀란드를 찾아 봤다. 아이를 낳기 전 소원은 언젠가 오로라를 보는 것이었다. 무작정 그 나라로 달려가고 싶은 걸 일상이 잡아채 여기까지 왔다. 우리의 일상은 또 지난 시간처럼 흐를 것이다. 그러다 어느 순간엔 정말이지 우리가 날마다 하는 지금의 약속처럼 무작정 짐을 싸 어디론가 훌쩍 떠날 수 있는 날이 왔으면 좋겠다. 아이의 손을 잡고 시시각각 형형색색으로 변하는 오로라를 볼 것이다. '은우야, 다른 곳은 몰라도 우리 노르웨이는 꼭 함께 가자. 아름답게 밤을 물들이는 오로라도 함께 보자.'

이토록 소중하고 애틋한 순간

아이와 함께일 때면 이 순간을 박제하고 싶다고 생각한다. 그 순간은 대부분 어딘가로 여행을 가거나 특별한 체험을 함께하는 순간이 아닌 어쩌면 어제와 엇비슷한, 그리고 내일도 같은 모습일지도 모를 하루의 사소한 순간들이다.

노래에 맞춰 아이가 씰룩씰룩 몸을 흔들거나 작은 허밍을 화음처럼 넣을 때, 그리고 그 모습을 감싸듯 지는 해가 집안 깊숙한 곳까지 들어올 때, 작은 행복을 느낀다. 이 짧은 순간을 위해 이따금 힘겨운 시간을 다 지나온 듯 말이다.

그렇게 마음이 뻐근해질 때 그 감정을 삼키지 않고 노는 아이를 끌어안으며 고백처럼 순간의 마음을 전한다. "은우가 있어 엄마는 행복해. 빛이 참 좋다. 은우와 같이 보니 더 예쁘네." 하면 아이는 무슨 말을 해야 할지 모르는 얼굴로 씩 웃으며 내 목을 가만히 끌어안는다.

그렇게도 어렵던 마음의 표현이 아이에게는 어쩜 이렇게 거침이 없는 건지. 이따금 미안한 마음이 들 때도 그렇다. 아이에게 그 말을 어떻게 해야 할지 단어를 고르지 않는다. 미안한 마음을 툭 하고 내어놓으면 그 누구보다 반기며 나를 꼭 안아줄 사람은 단연 아이다. 살다 보면 사람들은 표현에 인색하다. 가족에게도 친구에게도. 아이와 내가 살면서 가장 많은 것을 표현하며 살 수 있는 시기는 어쩌면 지금이 유일할지도 모른다. 아이는 무수한 삶의 벽 앞에 서면서 혹은 어려운 인간관계에 마음을 복작이면서 입을 닫는 방법을 배울지도 모른다. 그때마다 아이 옆에서 계속해 표현하는 연습을 하게 하는 사람이 되고 싶다. 그러니까 내 다짐은 오랫동안 아이에게 마음을 양껏 표현하는 사람이 되자는 것이다. 지금 함께하는 이 순간이 얼마나 아름답고 소중한지를 순간순간 일깨워주며 말이다.

난 추억형 인간이다. 아무리 엉망인 순간들도 이듬해 그 무렵이면 떠올리며 모두 아름답기만 하다. 고단하고 서럽던 건 다 지워지고 반짝이던 기억들만 보석 상자 안에 넣어둔 작은 조약돌처럼 반짝반짝 연약하지만, 선명한 빛을 낸다. 그 역시 모두 순간이 모여 만든 힘일 것이다. 하고 많은 일상 중 찰나였을 들꽃 같은 시간들.

아이를 키우다 보면 힘에 부친다. 분명 그렇다. 비단 나만의 얘기가 아닐 것이다. 불쑥 화날 때도 있고 그 감정을 아이에게 고스란히 들키고 말 때도 있다. 잘 차려 입고 나갈 일도 없고 새로운 사람을 만날 일도 없다. 내 성과에 기대하는 일도 없고 가슴을 졸일 만한 기회도 위기도 없다. 언제 이렇게 조그맣고 보잘것없는 삶이 돼버렸지. 아이를 키우며 그렇게 빛을 잃은 내 삶을 가만가만 쓰다듬을 때 아이가 놓인 일상의 풍경이 반짝 빛을 내면 '그래 이거면 됐다.' 싶어 눈물을 닦는 순간이 많았다. 내 삶이 거대한 바다 가운데 있지 않아도 좋다. 조그맣게 찰랑이는 우물 안에 있어도 그 안에 들이차는 빛은 아름답기만 하다. 나와 함께하는 고요한 일상의 힘으로 오늘도 아이는 자라난다. 스쳐 지나가는 이 모든 시간이 3년만 지나도 못 견디게 그리운 풍경이 될 것이다.

잠 좀 잡시다

이제 갓 출산한 엄마들을 만나면 가장 먼저 하는 말이 "힘들죠? 잠은 좀 자요?"다. 그럼 초보 엄마들이 푸념으로 하는 말 또한 "언제 푹 잠을 자나요? 백일의 기적이 오나요?"다. 갓난아이가 오랫동안 잠들지 않는 데는 여러 이유가 있다는데 알려진 바로는 생후 백일까지는 갓난아이의 뇌 발달이 활발히 이뤄지는 시기이기 때문이라고 한다.

아이는 잠으로 크게 속을 썩이는 편은 아니었다. 그런데도 새벽에 깨기도 하고 잠을 자지 않겠다고 옹알이를 쉼 없이 하는 날도 있었지만, 아이고 너 어쩌자고 이렇게 올빼미냐 싶을 정도는 아니었다. 다만 아이의 유난한 수면 습관이 있었는데 꼭 내 배 위에서 자는 거였다. 그러다 보니 백일 무렵까지 아이를 항상 배 위에 올려놓고 자는 날이 많았다. 그때만 해도 일명 '등센서'라는 게 작동해 배 위에서 잠이 든 아이를 내려놓으면 그 즉시 깨어나 왕 하고 울던 시절이었다. 잠을 못 자 토끼눈으로 밤을 새느니 등이 좀 아파도 그걸 견디는 편이 훨씬 나았다.

그런 시절이 있기나 했나 싶게 아이는 10개월 무렵부터는 밤부터 아침까지 꽉 채워 잠을 자기 시작했다. 새벽에 우유를 찾는 일도, 자다 말고 일어나 애를 먹이는 일도 많지 않았다. 물론 잠들기까지는 세상만사가 궁금해 이불을 쪽쪽 빨기도 하고 손과 발을 버둥거리는데 길게는 두 시간 가까이를 보내기도 했지만, 한 번 잠들면 비교적 낮과 밤의 리듬에 잘 적응하는 편이었다. 다만 낮잠과는 일찌감치 친하지 않은 편이었다. 유모차를 타거나 차를 탈 때 잠깐 잠들어도, 조그만 자극에도 금방 깨는 편이었다. 체력이 좋아 지치는 법이 없어 취침 시간도 늦었다. 9시부터 잠자리에 누워도 종알종알 무슨 말을 그렇게 하는지 한참 얘기하다가 10시가 겨우 넘어 잠이 드는 편이었지만, 그래도 한 번 잠들면 깨는 법이 없으니 다행이었다.

그런데 어느 날부터 잠들기 싫은 이 녀석도 꽤가 생긴 모양이다. 누워서 종알종알 한참 떠들다가 "이제부터 엄마 대답하지 않을 거니까 자는 거야." 하면 한참 침묵 속에 있다가 가만히 나를 부르는 소리가 들린다. "엄마… 나… 물…." 말하면서도 저도 찔리는 구석이 있는 모양이다. 몇 번은 벌떡 일어나 물을 줬는데 하루이틀 하니 이것도 습관이 돼버렸다. 이걸 알아채고는 자기 전에 물부터 꽉 채워 마시게 하고는 화장실 들여보낸 뒤 잠자리에 눕게 했는데 통하지 않았다. 침묵 속에서 잠들었나 싶으면 어김없이 "엄마… 물…

또…." 하는 소리가 들린 것이다. 어서 재우고 쌓아둔 일을 한다거나 이른바 '육퇴'의 자유를 만끽하고 싶은 나로서는 속이 바짝바짝 탈 노릇이다. 물을 연거푸 마시겠다고 해 참다못한 '욱'이 튀어나온 적도 있었다.

가까스로 잠이 든 아이의 모습은 왜 그렇게 천사같이 예쁠까. 하루의 미안함이 한꺼번에 쏟아지는 순간이다. 아이를 재우면 다디단 시간을 보내거나 미룬 일을 일사천리로 해낼 줄 알았지만, 그렇지도 않다. 오히려 잠이 든 아이의 얼굴을 내려다보며 쏟아지는 생각들에 기껏 하는 거라곤 낮에 찍은 아이의 사진을 보거나 어서 일을 마무리한 후 자는 아이 등을 끌어안고 자고 싶은 생각만 간절하다.

다음 날이면 밤사이 언제 그랬냐는 듯 자는 일로 또 한바탕 실랑이한다. 아이를 낳기 전에는 다섯 살쯤 되면 아이가 제 방에 들어가 혼자 잠을 자는 때가 올 줄 알았다. 떨어트리지 못하고 내가 좋아 더욱 끌어안고 잔 탓인지 요즘도 아이는 새벽녘 내가 옆자리에 없으면 잠에서 깨 울음을 터트린다. 아주 아기일 적에도 보지 못한 모습을 이제 와서 보는 거다. 거실에서 낮게 불을 켜둔 채 일하는 나와 눈이 딱 마주칠 때 아이는 그제야 안도하는 표정을 지으며 졸린 눈을 비비며 품에 안긴다. 다섯 살 아이는 이제 다 자란 것 같지만, 품에 안겨 자는 모습을 보면 아직도 영락없는 아기다.

새벽녘의 아이 소리에 엄마들은 센서라도 달린 듯 반응한다. 다른 가족이 다 못 들었대도 엄마 귀에는 한밤중 사이렌 소리처럼 크게 들린다. 요즘도 자는 중에 아이의 소리를 이따금 생생하게 듣는다. 금방이라도 왕 하고 소리 내며 터질 듯 울먹일 때 가슴을 토닥여주고 까르르 웃을 땐 자는 아이에게 바싹 붙어 손을 잡는다. 그러면 아이는 아침에 깨어나 꿈에서 만난 것들을 조그만 입술을 바삐 움직여 얘기한다. 어떤 날은 무서운 꿈을 꿔 유치원에 가지 않겠다고 떼쓰기도 하고, 또 어떤 날은 꿈에 엄마와 엄청 큰 키즈 카페에 다녀왔다고 자랑하는 날도 있다. 자는 사이 아이는 자라난다고 했던가. 얘기하며 빛을 내는 아이의 눈은 어제보다 더 영근 느낌이다. 외동으로 자라 서른 해 남짓 혼자 자는 게 익숙한 편이었는데 이젠 이 '뽀시래기' 같은 녀석이 없으면 잠을 이루지 못할 지경이다. 자꾸만 잠에서 깨어나도 좋다. 언젠가 다 자라 밤이 되면 뒤도 안 돌아보고 자기만의 성으로 걸어 들어가기 전까진 오랫동안 이렇게 내 곁에서 바스락 기척을 내주기를 바란다.

종이 인형

예닐곱 살 무렵 종이 인형 놀이를 가장 재밌어 했다. 부모님께 뭘 사달라고 조르는 편도 아니었고 지금처럼 마트에 가면 즐비한 장난감을 보는 일도 없었기에 인형이라곤 달랑 하나가 전부인 내게 종이 인형은 내가 기대할 수 있는 가장 흥분되는 장난감이었고 그 안에서 지어낼 수 있는 얘기 또한 내가 할 수 있는 가장 재미있는 얘기였다.

내 부모는 그조차 관대하지 않았는데 오랜 시간이 지나 들은 얘기로는 엄마는 내가 퍼즐이나 과학 놀이 등 좀 더 중성적인 놀이에 관심을 갖기를 원했다고 하셨다. 시간이 지나 돌아보니 그런 억눌린 욕망이 내 성격을 어떻게 형성했는지, 어떤 기억을 남겼는지 정확하게 잘 알지는 못하지만, 당시 고작 그 종이 인형이 무지하게 갖고 싶었던 마음만큼은 지금도 생생하게 남았다.

가위로 실선을 오리고 양끝에 점선을 접어 색색의 옷을 입혔다가 다시 벗기고 그 위에 다시 또 새로운 옷을 갈아입히고 때에 따라 머리핀이나 가방을 둘러주는 건 아무리 해도 지치지 않는 놀이였다. 그중 불룩하게 퍼지는 벨 라인의 드레스는 가장 좋아하는 인형 옷 중 하나였다. 현실에서는 아무리 해도 입을 수 없는 옷 같아 인형에게 덧대어 줄 때마다 내가 입는 듯 더욱 마음이 들떴다. 하도 갖고 놀다 보니 어떤 날은 인형의 모가지가 똑 하니 떨어지기도 했다. 그러면 아주 소중한 것을 다루는 듯한 얼굴과 손으로 떨어진 몸과 목을 테이프로 꼼꼼하게 붙여 두꺼운 책 사이에 며칠이고 끼워뒀다. 내겐 세상에서 가장 재밌던 놀이다. 이거 하나 있으면 아이도 딱 그 마음이지 않을까 싶어 한 번은 서점에 갔다가 추억의 종이 인형이라는 책을 보고는 만지작거리다가 말도 안 되는 비싼 가격에 그만 내려놓고 발길을 돌렸다. 그 흔하고 소박한 종이 인형이 언제 이렇게 값비싼 희귀한 물건이 돼버린 걸까.

그로부터 얼마 지나지 않아 아이와 일본 여행 중 들른 서점에서 아이가 좋아하는 캐릭터의 종이 인형을 보고는 아이가 손을 뻗기도 전에 내가 먼저 "엄마가 이거 사줄까?" 하고 물었다. 전까지 종이 인형이란 걸 가진 적이 없는 아이는 눈을 빛내며 기다렸다는 듯 고개를 끄덕였다. 그 길로 우린 숙소에 돌아와 저녁 내내 종이 인형을 뜯어냈다. 일일이 가위질을 해야 하는 1990년대의 종이 인형들과는 달리 손쉽게 뜯어낼 수 있어 품이 훨씬 덜 들었다. 나 어릴 적보다 매체가 발달해서인지 알 만한 캐릭터로 만들어낸 종이 인형은 TV 속 장면들이 금방이라도 튀어나올 것 같이 섬세했으며 작은 소품 하나까지 세밀했다. 우린 지퍼백 하나를 비워 뜯어낸 인형을 모두 담았다. 여행하는 내내 아이는 소중한 보물을 품은 듯 지퍼백을 갖고 다니며 장소를 옮길 때마다 꺼내 보며 잃어버린 건 없는지 살폈다. 어디에서나 어른 손바닥만 한 종잇조각을 펼쳐놓고는 시간 가는 줄도 모르고 공주 놀이 삼매경에 빠졌다.

아이와 아날로그 놀이를 즐길 수 있게 된 후 휴대 전화나 TV와 씨름하는 날이 적어졌다. 얘기를 만들어내고 그 순간만큼은 엄마가 아이가 되고 아이가 공주가 되고 또 어떤 날엔 아이도 나도 강아지 또는 고양이가 됐다. 고맙게도 아이는 그 과정 속에서 놀이의 재미를 배웠다.

장난감이 귀한 어린 시절엔 종일 집 앞 학교 운동장에 나가 곤충을 채집하거나 나뭇잎이나 돌 따위를 줍고 놀았다. 그걸 한데 모아 접거나 꼬기도 하고, 줄을 지어 역할을 정하다 보면 뚝딱 나름의 놀이가 만들어졌다. 풀밭에서 그렇게 한참 놀다가 저만치 하늘이 붉고 푸르게 변해갈 즈음이 돼야 엉덩이를 털고 일어난 그 시절엔 장난감이 없어도 심심하지 않았다. 잠자리로 가득 찬 곤충 채집 상자를 안고 집으로 돌아가며 언제 저녁이 돼버렸냐고 아쉬워한 그때가 시간을 가장 풍요롭게 즐긴 시기였다.

여행은 물론 짧은 외출이라도 한 번 하려면 아이는 가방 가득 조그만 인형들을 모아 담는다. 가방이 너무 뚱뚱해질 정도로만 담지 않으면 내버려둔다. 내 욕심은 아이가 외출하면 뭣으로도 놀이를 만들 줄 아는 사람이기를 바란다. 정말이지 내 욕심인 것이다. 그러기 위해선 자꾸만 내가 먼저 던져줄 수 있는 부모가 돼야 한다. 식당의 냅킨도 좋고, 작은 종이봉투도 좋다. 작은 그림을 함께 그려 얘기를 만들고 돌이나 나뭇잎, 그리고 도토리를 주워 저마다 이름을 붙여본다. 그렇게 이름 붙인 열매며 나뭇잎이 집안 곳곳에 한 가득이다. 이러다가 개미가 친구하자고 몰려들까 걱정이지만, 이렇게 해서라도 아이가 어린 시절 아날로그를 배울 수 있다면 좋겠다. 무에서 유를 창조하는 재미를 경험하는 아날로그의 놀이를. 그 안에서 배우는 따스한 감성과 반짝이는 추억은 성능 좋은 것들이 넘쳐나는 오늘날 어디서도 찾아볼 수 없는 것일 테니.

첫 만남

아이를 품은 열 달 동안 얼마나 많은 것을 상상했던가. 삼신 할미 엉덩이 치는 소리와 함께 "응애!" 첫 울음을 터트릴 아이의 얼굴과 이어 뽀얀 천에 쌓인 채 내 팔에 안겨질 아이의 감촉을 그려보는 것만으로도 열 달 내내 마음이 들떴다.

어디 상상만 한 현실이 그리 쉽던가. 분만을 앞둔 새벽 2시 첫 이슬이 비치고 일명 가진통과 진진통의 차이를 가늠할 수 없어 '이 정도 아프면 곧 아이가 나오는 건가, 아닌가 더 아파야 하는 건가. 아직 좀 참을 만한데.' 내내 고민하다가 날이 밝았다. 이른 아침에 찾은 병원에서는 의사가 실소를 보이며 "꽤 아팠겠는데요." 하며 곧장 분만실로 보냈다. 네 시간 동안 열 달을 가슴 뛰며 상상한 핑크빛 기대는 온데간 데없고 괴담만이 현실이 돼 나를 덮쳤다.

흔히 파도 같이 왔다 갔다 반복한다던 진통은 파도처럼 감상적 단어는 생각도 할 수 없을 만큼 잦게 느껴졌고, 분만을 촉진하려고 간호사가 온 힘을 다해 배를 내리누르는 통에 이만 하면 딱 정신을 잃겠다 싶을 때쯤 아이의 첫 울음이 터졌다. 하지만 그것도 잠시 싸늘한 얼굴로 나간 의사 뒤로 얼마간 정적이 있었다. 그런데도 내 품에 젖은 강아지처럼 잔뜩 찌푸린 얼굴로 안긴 아이만큼은 상상과 비할 수도 없이 사랑스러웠다.

그도 잠시 그렇게 나간 의사는 소견서를 건네며 대학병원 진찰을 권했다. 설마 하고 찾은 병원에서는 앉은 자리에서 수술을 결정했고 아이는 태어나 일주일도 채 되지 않아 다시 병원 신세를 졌다. 입원 날짜를 정하고 조리원에 돌아와 얼마나 울었는지, 조그만 아이에게 얼마나 미안했는지 모른다. 우는 시간조차 아까울 만큼 아이와 내내 붙어 있고 싶었다. 조리원에서는 새벽녘에는 수유 시간에만 아이를 데려가는 게 통상적이었다. 밤에도 아이와 함께 있겠다고 통사정을 해 조리원에서 지내는 이틀 밤 동안 우린 이제 막 연애가 시작돼 떨어질 줄 모르는 연인처럼 붙어 지냈다.

문제는 모유 수유였다. 아이가 수술 받으면 여러 이유로 젖병을 이용하게 되고 불어나는 젖을 제때에 먹일 수도 없게 되는 실정이었다. 급하게 사온 유축기로 초유만이라도 받아 먹이고 싶은 마음이 급했다. 사람들은 보름 가까이 여유를 두고 배우는 모유 수유를 조리원에서 이틀 만에 배워야만 했다. 모유 수유를 배운다는 것이 좀 이상하게 들리겠지만, 젖이 거저 나오거나 단박에 아이가 물 수 있는 게 아니었다. 조리원 실장은 엉덩이 붙일 틈 없이 나를 불러댔고 공포의 가슴 마사지는 불과 이틀 전 아이 낳을 때 느꼈던 진통과 맞먹게 고통스러웠다.

사람들은 조리원이 천국이었노라고 얘기하지만, 난 그 천국의 맛을 채 보기도 전에 아이와 함께 대학병원으로 옮겨왔고 지금도 생각하면 조리원은 공포의 가슴 마사지와 조그만 아이를 내려다보며 밤마다 운 기억만이 전부다. 그리고 아이는 나를 만나기 전 그랬듯 아주 잠시 터널의 시간을 걸었다. 내게는 억겁의 시간처럼 길었던 터널이다.

처음 퇴소를 알리며 수술하게 됐다고 얘기했을 때 조리원 실장은 "아픈 일이지만, 아이가 덕분에 또 클 거예요. 다른 아이들보다 많은 자극을 경험하는 만큼 호기심도 많아지고 발달도 빠를 거예요."라고 애써 위로했다. 그땐 코웃음도 나오지 않게 들리지 않던 말이다. 그런데 2.9킬로그램의 조그만 몸으로 그 터널 같은 시간을 싸워 이긴 아이는 정말이지 보답이라도 하듯 발달이 빨랐고 낯가림이 없었고 크게 속을 썩이는 일 없이 지금껏 자랐다. 그리고 2년 전 아이는 외래 졸업 통보를 받았다. 병원을 나와 눈물이 쏟아질 것 같아 아이의 손을 잡고는 한동안 말없이 걸으니 아이가 다 큰 어른의 얼굴을 하고는 나를 올라다봤다.

소설『82년생 김지영』에는 다음과 같은 구절이 나온다. "남자 친구의 말처럼 덜 힘들고 덜 속상하고 덜 지치면서 어머니의 말처럼 막 나대면서 잘해내야겠다고 생각했다." 나도 그랬다. 82년생 김지영처럼 덜 속상하고 덜 지치면서 막 나대면서 잘 해내고 싶을 때가 있었다. 그러다 더 힘들고 날마다 속상한 일투성이에 하루가 다 가면 몸이 푹 꺼지도록 지치는 전업맘이 되기로 한 건 순전히 아이 때문이었다. 녀석이 부르면 언제든 한달음에 달려갈 수 있는 엄마가 돼야겠다는 다짐. 태어나 닷새 만에 차가운 수술실 문을 닫고 들어가는 아이를 보면서 1984년생 신랑 따위는 어떻게 돼도 좋으니 녀석이 꽤 오랫동안 내 품에서 따뜻하고 편안했으면 좋겠다고 생각했다.

우리의 진짜 첫 만남은 그렇게 시작됐다. 여전히 1984년생 나보다 2014년생 아이를 위해 사랑하고 싸우고 울고 웃는 사람으로 살아야겠다고 날마다 곱씹는다. 터널 같은 시간을 걷다가 다시금 내게 빛처럼 걸어오는 아이를 보며 세상에 그 뭣도 이보다 중요한 것은 없다고 생각했다.

첫눈이 내렸다

아이가 태어나는 날엔 눈이 많이 왔으면 좋겠다고 생각했다. 바람은 비켜가고 아이가 태어나기 하루 전날 폭설이라고 할 정도로 어마어마한 양의 눈이 내렸다. 그 눈을 폭폭 밟으며 파워 워킹을 다녀온 이튿날 녹은 눈으로 도로 곳곳에 웅덩이가 생길 무렵 아이는 세상에 나왔다.

어릴 적엔 생일이 있고 생일보다 좋아하는 크리스마스가 있다는 이유만으로 겨울이 좋았다. 뭣보다 온 세상을 하얗게 덮는 눈이 좋았다. 불투명 유리창에 어리는 빛이 유난히 희게 느껴지는 아침이면 기지개를 켤 새도 없이 번갯불처럼 거실로 나가 눈이 왔는지 안 왔는지를 확인했다. 겨울이면 날마다 아침에 그 순간이 가장 설렜다. 정말이지 기다린 눈이 내려 천지가 하얗게 덮인 날엔 일단 보이는 옷부터 입고 나가 구르기 바빴다. 등굣길 엄마가 걷는 것조차 힘들 정도로 뚱뚱하게 옷을 입히면 뒤뚱거리는 몸으로 밖에서 노느라 2교시가 다 돼야 눈을 털고 교실에 들어갔다. 하얀 눈 앞에 들뜬 마음은 모두가 하나라 누구 하나 더디 흐르는 시간을 나무라지도 않았고 시계를 확인하며 들어가자 재촉하는 친구들도 없었다. 약속이나 한 듯 모두 한두 시간 좀 쉬엄쉬엄 가는 날이라 생각했다. 겨울의 기억은 고스란히 어린 시절 추억이다.

심드렁해질 법도 한데 지금도 눈은 여전히 반갑다. 아이와 함께 손꼽아 눈을 기다렸다가 눈이 오는 날엔 내가 앞장서 아이를 데리고 일단 밖으로 나간다. 편의점에서 산 유자차 하나씩 주머니에 나눠 넣고 아직 아무도 밟지 않았을 법한 눈밭을 찾아서 말이다. 맨손으로 눈사람도 만들고 아이 키보다 높은 나무를 털어 눈 폭탄도 내려주면 아이는 실눈을 뜨고 깔깔 하고 소리 내 웃는다. 그런 날엔 어린이집도 유치원도 뒷전이다. 지금은 내 어린 시절과는 시절이 달라 학교에 가면 눈이 온다고 해 눈밭에 풀어놓은 바둑이처럼 아이들을 내버려둘 리 없으니 말이다.

아이는 여름부터 눈을 기다렸다. 내가 어릴 적 그러했듯 겨울이 좋다며 눈은 언제 오는 거냐며 세 번의 계절을 나는 동안 꼬박 종알거리니 겨울이 왔다. 겨울은 유난히 일기 예보를 많이 보게 되는 계절이다. 여러 가지 이유가 있겠지만, 우리에겐 눈을 기다리는 마음이 제일 크다. 1년 내내 바란 눈소식이니 얼마나 기다려질까. 첫눈이 오기로 한 이틀 전부터 우린 마음이 들떴다. 그도 그럴 것이 늦여름에 물들인 봉

숭아물이 간신히 남았기 때문이다. 아이와 나란히 새끼손톱 끝이 붉었다. 아이의 손톱은 눈을 기다리느라 살짝 웃자라 눈 예보가 더욱 반가웠다.

침대에 누운 채 우린 천장을 향해 손가락을 들어 보이며 "내일 눈이 올까?", "아침에 일어나자마자 확인해보자." 이런 말들을 나누다 스르르 잠들었다. 아침이 밝아 반짝 눈을 뜨니 아이의 얼굴이 코앞까지 와 있다. 평소보다 한 시간은 일찍 일어났는데 우린 잔뜩 기대하고 잠을 청한 탓이었나 보다. 배시시 웃는 귀여운 입가가 달싹이며 "엄마 눈 왔어?" 하고 묻는다. 간밤을 메운 냉기로 거실은 아직 차가울 것이다. "여기 이불 덮고 가만히 있어 봐. 엄마가 보고 올게." 하고 나가니 푸르스름한 아침 기운을 뚫고 속삭이듯 눈이 내린다. 이제 막 시작된 눈인지 입자는 작은데 제법 양이 많다. 1년 내내 우리가 기대하고 그리던 딱 그 눈의 모양이었다. 반가운 마음이 앞서는 걸 가다듬고 침대에 얌전히 누워 있는 아이를 이불에 돌돌 싼 채 거실로 옮겨 줬다. 전기 난로를 켜고 나지막한 캐롤을 틀고 따뜻한 보리차를 서둘러 끓였다. 아이 한 잔, 나 한 잔 그렇게 양손으로 마주 잡고 앉아서는 우린 한참 말을 아끼며 눈이 오는 풍경을 구경했다. 첫눈 치고 많은 양의 눈이 쏟아지는 도로 위를 엉금엉금 기어가는 차들, 이제 막 도착해 분주하게 움직이는 제설 차량, 하얗게 번지는 눈 가운데 신호등이 점멸하며 색을 바꾸는 모습들, 그리고 날리는 눈발 가운데 서서히 동트는 아침의 색을 말이다.

당장 밖으로 나가고 싶은 심정이었지만, 아이의 기침이 우리의 발목을 잡았다. 대신 아침부터 병원에 가는 길에 우린 눈발 가운데 약 10초간 손과 얼굴을 들어 하늘을 향한 채 섰고 맨손으로 차고 흰 눈의 감촉을 조금 느끼기로 했다. 명색이 1년을 꼬박 기다린 첫눈이니 지나칠 수 없다.

눈에 어떻게 반응하는지를 보면 그 사람이 아이인지 어른인지를 짐작할 수 있다. 더러는 녹아 지저분해질 것을 불평하거나 엉망이 될 도로 상황부터 걱정하는 사람들이 있다. 반면 눈이 내리면 일단 신나고 반가운 사람들이 있다. 여전히 아이인 사람들. 손 뻗어 친구가 되고 싶은 사람들이다. 내아이가 지금처럼 오랫동안 눈을 기다리는 사람의 마음으로 살았으면 좋겠다. 불평이 앞서기보단 눈이 오면 마음이 들뜨고 비가 오면 누군가를 그리워하는 마음의 사람으로 살았으면 좋겠다. 적어도 그런 소소한 것들에 심드렁해지지 않는 사람으로 말이다. 그런 사람으로만 자란다면 아이는 누구에게라도 언제든 기꺼이 좋은 친구가 될 수 있는 사람일 것이다. 맑고 흰 순수의 빛은 누구에게라도 전해지는 사람일 테니 말이다.

한 사람만을 위한 식당

계란프라이 하나 제대로 해보지 못한 채 결혼했다. 엄마는
가스 불에 델까 봐 조바심을 내며 가스레인지 근처에 가지
못하게 했고 자연스레 주방과 담을 쌓은 채 30여 년을 보내
다 결혼하고 아이를 낳고서 처음으로 내 손으로 뭔가를 만
들기 시작했다.

모든 것이 처음이었으니 얼마나 시행착오가 많았을까. 하
다못해 라면 끓일 물도 때마다 계량이 바뀌었다. 어떤 날은
답답한 마음처럼 바짝 졸아들기도 했고 또 어떤 날은 국물
이 흥건해 라면인지 국인지 분간이 안 가기도 했다. 비단 라
면뿐이 아니었다. 아스파라거스를 잘 씻어 굽는다는 게 기
름이 달궈진 팬에 겁도 없이 들이부어 환상적 불쇼를 하기
도 했다. 돈가스를 만들려다가 집안을 홀랑 태워 먹을 뻔하
기도 했다. 위험천만한 순간을 몇 번 겪고 나니 실수가 줄어
들었다. 처음에는 아무리 인터넷 레시피를 참고해 그대로
따라 한다고 해도 '그 맛'이 나지 않았다. 어느 순간 익숙한
맛들을 흉내 낼 수 있게 됐다. 이젠 레시피를 보지 않고도

음식 몇 가지는 뚝딱 만들 정도로 요리에 재미를 들였다.

조력자는 순전히 아이였다. 실수가 잦던 시절에 아이가 갓난아이 시절을 지나 이유식을 먹을 때만 해도 난 여전히 요리에 젬병이었다. 일반식을 시작하고도 아이의 식단은 고기를 굽거나 생선을 굽거나 멀건 된장국 정도에서 크게 벗어나지 않아 레시피를 찾아 아이를 위한 요리를 익혀야 하는 일은 많지 않았다. 그런데도 아이는 일찌감치 맛을 즐길 줄 알았다. 이유기 시절부터 이유식보단 고슬고슬한 쌀밥을 좋아했고, 두 돌도 되지 않았을 땐 생강초절임을 하도 맛있게 먹어 가족 사이에서 웃음을 사기도 했다. 일반식을 먹이기 시작한 월령도 다른 아이들에 비해 조금 빨랐다. 처음에는 나트륨이나 당분을 피하고 건강식 위주로 했지만, 아이가 좋아하는 음식과 먹을 수 있는 음식이 늘기 시작하면서 '맛있게 해주지 뭐.' 하는 마음이 들어 적당히 소금으로 간도 맞추고, 설탕을 넣었다. 맛에 반응한 아이는 눈을 동그랗게 뜨고 전에 없던 속도로 그릇을 비우는 날이 많아지기 시작했다. 아이 입에 들어가는 것만 봐도 배가 부르다는 부모의 옛말은 틀린 게 하나 없었다. 정말이지 보는 것만으로도 헛배가 불렀다. 아이에게 뭐든 잘해주고 싶은 마음이 들었다. 그 무렵 아이는 기호가 늘어 제가 먹은 것들 위주로 재료와 조리법을 정확하게 주문하기 시작했다. 같은 된장국이라도 어떤 날엔 꼭 조개를 넣어달라고 하고 또 어떤 날엔 반드시

고기를 넣어달라고 한다. 식당에서 한 번 먹고 제 입에 맞는 것들은 잘 기억해뒀다가 먹을 것을 곰곰 되새겨 같은 맛을 만들어달라고 구체적으로 주문하기도 한다. 남이 그랬으면 대충 먹으라는 소리가 목구멍까지 넘어오도록 귀찮은 노릇이겠지만, 아이가 하는 주문엔 언제나 예스맘이었다. 재료가 마땅치 않아 주문 당일 해주지 못한 건 이삼일 안에 구해다가 꼭 만들어줘야 마음이 편하다.

플레이팅에도 재미가 들기 시작했다. 멋모르던 시절엔 식판 하나로 모든 걸 해결했다. 아이 나름의 심미안이라는 게 생긴 후 미키마우스 모양의 접시가 아이의 요구를 충족했다. 요즘은 아이와 내가 함께 같은 음식을 먹는 날이 많아지기 시작하면서 그릇을 통일했다. 대신 조금 더 플레이팅에 신경을 쓴다. 그래봤자 금손과는 거리가 먼 내가 하는 게 특별할 건 없지만, 그래도 가지런히 색을 맞춰 놓으려 하니 아이가 반응했다. 접시를 내려놓는 나를 올려다보며 빙그레 웃으며 "엄마, 예뻐!" 할 때 나 자신을 칭찬했다. 아이와 함께 기분 좋게 먹었던 식당의 메뉴나 플레이팅을 흉내 내려는 날도 많다. 그러면 아이는 그걸 또 기막히게 기억해내고는 아는 체한다.

일일이식 혹은 삼식 이렇게 아이와 함께 먹는 밥이 모여 뭣이 될까. 뼈가 되고 살이 되고. 그리고 나머지는 마음이 돼줬음 좋겠다. 내가 저를 소중히 아끼는 마음을 쌀알을 씹으며 고스란히 느껴 키가 자라고 살이 불어 어른이 됐을 때 라면 하나를 끓여 먹어도 자신을 귀히 대접할 줄 아는 사람이 됐으면 좋겠다.

엄마가 종종 이 모든 일상에 치여 내가 뒷전이 되는 걸 볼 때마다 하는 말씀이 있다. "내가 너를 어떻게 키웠는데." 그 말에는 그 어떤 보상 심리도, 실망의 기색도 담기지 않았다. 내가 아이에게 그러듯 귀히 여기는 마음이 서른다섯 해를 키운 지금도 여전하기 때문일 것이다.

"내가 너를 어떻게 키웠는데." 나도 언젠가 이런 말을 아이에게 하는 날이 있을까. 날마다 '밥심'이 아이의 마음을 단단히 살찌우게 해 내가 그 말을 뱉어놓기 전에 아이 스스로 제 밥그릇을 지킬 줄 아는 사람이 됐으면 좋겠다. 조그만 밥그릇이라도 귀하고 예쁘게. "우리 엄마가 나를 어떻게 키웠는데." 하면서 말이다.

한밤의 체온계

아이가 고열로 이틀째 아프다. 그런데도 아이는 아이라 몸이 펄펄 끓는 와중에는 까르르 웃고 까불고 방정을 떠는 게 제일 고맙다. 아이를 키우며 데드 포인트는 주로 밤에 찾아온다. 잠과 씨름할 때, 끝없이 울 때, 그리고 열 날 때. 낮에는 약으로도 제법 잡히고 멀쩡했는데 밤에는 영 불통이다. 시간마다 각기 다른 해열제를 교차로 먹여도 이 모든 게 꿈인 듯 아이의 몸은 반응할 줄은 모른다. 제아무리 의학이 발달하고 세대가 변했대도 엄마의 역할은 일정 부분 규정돼 있듯 병 앞에 "손발이 다 닳도록 고생하시네."의 노랫말이 하나 틀린 게 없다.

해열제에도 반응하지 않는 아이의 옷을 다 벗기자니 덜덜 떠는 아이가 안쓰럽고 그렇다고 옷을 입혀 놓자니 펄펄 끓는 열이 무섭고. 이럴 때 누구하나 옆에서 동지가 돼 묘책은 아니더라도 내 선택에 힘이라도 실어줄 수 있다면 좋으련만 이 아이 앞엔 오롯이 나 혼자다. 그러니 모든 순간 내 선택을 믿을 수밖에. 적당히 아이의 옷을 풀어헤치고 수시로 물수건을 빨아다 열이 떨어지기까지 두어 시간 내내 아이의 몸을 닦는다. 마음이 조급해 10분 단위로 열을 재지만, 숫자는 바뀔 줄을 모르고 고장이라도 났는가 싶어 내 귀에 가져다 대보면 야속하게도 내 체온은 정상의 성인 체온을 정확하게 가리킨다. '차라리 내 몸이 불덩이라면 좋으련만.' 하는 게 솔직한 심정이지만, 나마저 함께 아프면 아이와 난 바다 위에 동동 떠 파도에 휩쓸리기 십상일 것이다. 그러니까 정신을 차리고 마음을 다해 바삐 손을 움직여 아이의 몸을 닦는다. 불덩이 같은 아이를 안고 뭐라도 할 수 있으면 좋으련만 내 체온에 달아오를 새라 안지도 못하는 마음으로 이 새벽에 할 수 있는 건 그것뿐이다. 조금씩 끝자리 숫자가 반응하기 시작하면서 38도 아래로 아이의 열을 떨어트리고 나면 내내 앓던 아이는 물수건으로 연신 닦아준데다가 체온계 소리까지 분 단위로 단잠을 방해한 탓인지 컨디션을 회복하며 다 된 새벽에 잠이 깨기 시작한다. 그러면서 가장 먼저 입이 반응한다. 재잘재잘 이 한밤에 깔깔거리며 말도 안 되는 얘기들을 쏟아낸다. '오늘 잠 다 잤네.' 하는 생각이 스치지만, 그것보다 좋은 건 이 녀석의 재잘거림이다. 이내 웃는 내 얼굴과 마음이 딱 그렇다. 살았네 하면서 온몸에 힘이 빠지고 그제야 녀석을 끌어안고 뒹굴며 3시가 다 된 시각에 한참 녀석 얘기를 듣다가 토닥토닥 두드려 다시 재우고 나면 진작 달아난 잠이 다시 올 리 만무하다. 잠자리를 털고 일어나 차 한 잔을 마신다. 설탕을 가득 넣고 바글바글 끓이는 밀크티다. 곧 해가 뜬다. 누구에게라도 손 뻗고 두드릴 수 있는 아침이 오면 어제의 네가 그랬듯 아무 일 없는 듯 웃고 떠들고 놀고 약에도 거짓말처럼 반응하겠지. 그래도 좋다. 아프지만 않다면. 어서 빨리 이 뜨거운 밤이 지날 수만 있다면.

아이의 열은 그렇게 이틀 애간장을 태우더니 사흘째 되는 밤부터는 잠잠했다. 시간 간격으로 체온계를 들이밀어도 안정권이다. 열 탓에 지난 이틀 밤잠을 설쳤는지 제법 이른 잠이 든 아이의 얼굴은 평온하기만 하다. 어느 틈엔가 발까지 젖힌 이불을 가슴까지 끌어 올리며 아이를 폭 안았다. 내 체온에 아이의 몸이 덥힐 걸 염려하진 않아도 되는 밤, 사흘 만에 우리 모녀에게 찾아온 고요다. 이런 날은 모든 걸 다 내일로 제쳐두고 아이 등을 꼭 끌어안고 잠들고 싶다. 들썩이지 않는 아이의 꿈으로 함께 걸어가고 싶다. 나도 이제야 피로가 막 밀려온다.

○ 3부 | 너와 나를 둘러싼 모든 것

가훈에 관해

난 대체로 좀 진지하고 재미없는 사람이다. 그러다가도 가끔 무리수를 둬 농담을 툭툭 던진다. 재미없는 농담에도 아는 체해주고 쿵에 짝 소리를 내주는 덕에 빠르게 가까워졌고 오랜 시간을 공유할 수 있던 사람들 앞에 설 때다. 관계도 변하기 마련이라 아이를 낳고 생활에 떠밀리면서 그리운 사람에게 모두 안부를 묻지 못하고 살지만, 정말 지치고 고단할 때 수화기를 드는 사람은 대부분 당장이라도 실없는 농담을 할 수 있는 사람들이었다.

드라마 〈태양의 후예〉 한 장면에서도 같은 맥락의 얘기가 나온다. 생사가 오고 가는 와중에도 군인인 남자 주인공은 농담하고, 여자 주인공인 의사는 생사의 순간을 목도하는 과정에 위로받고자 잘하는 농담을 해달라고 한다. 현실성 없이 달콤하기만 했던 드라마 중 가장 크게 공감한 부분이었다. 철퍼덕 넘어져 일어나고 싶지도 않을 만큼 엉망진창의 마음이 된 위기의 순간에 농담이 얼마나 큰 힘이 되는지 잘 안다. 농담에게 손을 내미는 쪽이었으니까 말이다.

힘내라는 말보다, 괜찮을 거라는 말보다 마음이 훨씬 가벼워지는 쪽은 유머다. 그걸 알면서도 농담으로 치유하기 가장 어려운 편은 언제나 가족이다. 가족 문제는 꼭 모두 내 것 같아, 내 등허리에 앉은 짐짝 같아 아무리 털어보려 해도 가벼워지지 않는다. 농담은 입 밖에도 나오지 않는다. 어쩌면 내 것보다 더 무거울 그것들.

아직은 아이와 내 문제가 그만큼 무겁지 않아서일까. 이따금 아이에게 먼저 농담을 건넨다. 서로 가벼운 기분에서 슬쩍 장난을 들이밀 때도 있지만, 주사를 맞으러 간다거나 아이와 내게 말을 아끼게 하는 병원 검사 같은 것들을 앞두고 있을 때, 좀 전에 혼내고 머쓱한 마음에 얼음장 같은 분위기를 녹이고 싶을 때 따위가 그렇다. 처음에는 엄마의 장난을 다 알아채지 못하고 어리둥절하더니 다섯 살이 돼서는 나보다 농담하는 데 선수다.

얼마 전엔 유치원 가을 상담이 있어 아이의 담임을 만났다. 아이의 선생은 늘 밝고 쾌활하다. 처음에는 단지 아이의 선생이라는 이유만으로 긴장하고 낯선 마음에 경계하기도 했는데 선생의 쾌활함 덕분에 빠르게 경계를 풀 수 있었다. 볼수록 좋은 분이다. 상담이 시작되자 선생은 주로 아이의 사회성을 치켜세웠다. "은우가 없으면 심심해요."라는 말을 할 정도로. 핑퐁이 오가는 아이와 선생의 사이를 은근히 질투하는 아이들도 있을 정도라며 은우는 말과 인지가 빨라 어른들과 대화하는 데 자연스럽고 유머러스하게 주도할 줄 안다는 말에 어깨가 조금 으쓱해졌다. 아직은 공부를 잘한다는 말보다, 특정 분야에 재능을 드러낸다는 말보다 반가운 칭찬이었다. 주눅 들지 않고 눈치 보지 않고 경직되지 않고 관계를 즐길 줄 아는 사람으로 크는 게 내심 고마웠다.

서른 인생을 함께 살아온 친정의 가훈은 "하나님을 사랑하자."였다. 때론 맹목적으로 보인 아버지의 신앙은 나를 키운 팔 할이었다. 학창 시절 해마다 가훈을 적어내라고 하면 머뭇거렸다. 우리 집의 가훈이 그저 화목 정도로 단순하고 명료하며 평범했으면 좋겠다고 생각했다. 좌우명이라는 말이 좀 고루하고 낯설지만, 머리가 크고 나만의 것이라고 할 수 있는 세계가 생기면서 속으로 '유머를 잃지 말자.'라고 되뇌었다. 웃길 수 있는 사람이 아니지만, 말이 유려한 사람이 아니지만 그래도 적당히 농담할 줄 알고 가끔 실없이 싱거운 사람이 돼 어깨에 힘을 빼고 살았으면 좋겠다.

지금은 내 아이가 그런 사람이 됐으면 좋겠다. 바짝 몸에 힘을 주고 세상이 나한테 어찌하나 날을 세우는 사람이 아니라 경직된 순간에 먼저 나서 가벼운 농담으로 얼음장을 깰 수 있는 사람이면 좋겠다. 늘 편안함이 묻어나는 사람으로 자랐으면 좋겠다. 둥글둥글하게 말이다.

요즘도 학교에 가면 가훈이라는 걸 적어내라는지 모르겠다. 아이가 언젠가 우리 집의 가훈을 묻는 날이 오면 주저 없이 얘기할 것이다. 우리 집의 가훈은 "유머를 잃지 말자."라고. 그러니 고단한 순간에도 피식 한 번 웃고, 가벼운 농담 속에서 다시 걸어갈 힘을 구하자고. 아이의 미래는 위기 속에 뱉은 농담처럼 경쾌하기를 바란다.

감시자가 아닌 협력자

어린 시절 아빠는 해마다 3월이면 나를 통해 담임께 아주 긴 편지를 보냈다. 그 편지 내용이 궁금해 학교 가는 길목에 서서 읽었다. 긴 편지 어디에도 '내 새끼를 잘 봐주세요.' 하는 말은 없었다. 지나온 아빠의 삶과 가정의 분위기에 대해 간략하게 말씀하셨고, 늘 편지의 마무리는 엄격하게라도 '지도를 잘 편달해주세요.'라는 말로 끝맺었다. 지도 편달이라는 낯선 단어를 입으로 되새겨보며 그 말을 어림짐작한 것만으로도 괜스레 등이 꼿꼿해졌다. 그건 내 부모가 내 자식을 한 번이라도 더 '예쁘게 봐주십사.' 하는 것보다 더 근사한 말처럼 느껴졌다. 그 덕인지 초등학교 6년과 중고등학교 3년 동안 만난 모든 스승은 나를 공평히 대했고 때론 엄격했고, 때론 다정했다. 덕분에 지난 내 모든 스승을 통해 존경이라는 단어를 배웠다.

한 해가 마무리 될 즈음이면 엄마는 선생께 작은 손수건 하나를 선물하라고 말씀하셨다. 내 용돈을 털어 살 수 있는 오천 원 남짓의 정말 작은 손수건이었다.

요즘은 선생께 감사의 표현도 마음 놓고 할 수 없는 시대다. 스승과 제자 지간에도 자본주의의 논리가 개입되는 어른들의 무지함 탓에 법이 단단히 그 문턱을 지키게 됐다. 덕분에 작은 감사의 표현이 가치를 드러내게 됐다. 아이가 대형 버스를 타고 멀리 나가는 날마다 아이 손에 박카스 한 박스를 꼭 들려 보낸다. 하얗거나 노란 들꽃이 잔잔하게 퍼지던 손수건에 담던 마음을 아이가 들고 갈 음료수 한 박스에 담는다. 어림짐작한 선생의 수로 보아 넉넉하지도 않을 것이고 고단한 길 앞에 음료수 한 병이 큰 힘이 되지는 않겠지만, 그걸로 격려와 믿음, 그리고 감사의 온기를 전하고 싶다.

아이를 처음 어린이집에 보내놓고 걱정이 많은 탓이었는지 어울리지 않는 옷처럼 어린이집 운영위원회를 주도하는 자리에 섰다. 자리만 채우고 좀 더 가까운 거리에서 아이나 들여다볼 수 있으면 되는 줄 알았는데 생각보다 책임은 막중했고 소임을 다하지 못하는 듯해 고민했다. 교육 기관의 생활을 한 지 이제 2년 남짓. 짧으면 짧고 길면 긴 시간이었지만, 아이들의 원 생활도 크게 보면 인생의 긴 주축 안에 있기에 고비가 있고 굴곡이 있었다. 그리고 그 과정을 통해 아이가 흔들리면 결국 엄마도 흔들리게 된다는 것과 반대로 엄마가 흔들리면 아이도 흔들린다는 것을 배웠다.

아이들의 행복을 바라는 마음이야 한 가지지만, 저마다 생각과 가치관이 다르기에 교육 기관을 대하는 부모의 마음도 각양각색이라는 것을 배웠다. 좀 느긋한 편인게 아니라 느긋한 척하는 편이다. 그렇다. 느긋한 '척'을 잘하는 편이다. 사실 속은 얼음 위를 걷는 듯 늘 조바심을 내고 고민하지만, '괜찮아요. 별일 아니겠죠,'라는 말을 입버릇처럼 달고 산다. 막상 어디선가 빠직 하고 얼음 갈라지는 소리가 나면 누구보다 빠르게 으악 소리를 내 놀란 가슴을 다 들켜버린다. 그 가운데 생각보다 침착한 건 아이다. 아이는 엄마가 으악 소리를 내기 전까지는 미끌미끌 발을 굴리기 제격인 얼음 위를 유유히 즐긴다. 어느새 합을 맞춘 선생과 이인삼각 경기를 하는 모습으로 잘 뛰는 걸 발견한 2년 동안 배운 건 그저 믿는 것이었다.

멀지 않은 유치원과 어린이집은 마음만 먹으면 들여다볼 수 있었다. 시간 맞춰 아이를 데리러 가는 편이었으니 뭔가를 하려면 조금 빨리 아이를 데리러 갈 수 있었고 불시에 방문해 아이를 확인하는 실례를 범할 수 있었다. 난 그 모든 것 앞에 마음을 다잡았다. '괜찮아. 잘하고 있는 걸. 잘해주고 있는 걸.' 하는 주문은 배신한 적이 없었다.

세상이 하 수상해 뉴스 사회면에는 잊을 만하면 아이들의 얘기가 등장한다. 어른들의 악행과 실수들로 원하든 원치 않든 사고가 터진다. 그런 뉴스에 겁에 질린 학부모 마음속에는 너도나도 '우리 유치원도 혹시? 내 아이도 혹시?' 하는 의심이 나지막하게 올라오고 의심이 시작되면 생각의 꼬리가 걷잡을 수 없이 이어진다. 하 수상한 사회에 떠밀리다 보면 엉덩이 붙일 틈도 없이 에너지와 시간을 오롯이 아이들을 위해 쓰는 교사의 진심은 저만치 뒷전에 놓인다. 교사라는 이름이 안타까운 비인간적 어른들의 잘못으로 진짜 마음을 다해 제몫을 성실히 해나가고 있는 스승의 명예마저 추락하는 것이다. 그게 어쩐지 서글퍼 "그래도 선생님인데…."라며 씁쓸해진 입맛을 다신다.

하나 있는 내 자식을 돌보는 것도 만만치 않은 일인데 남의 자식 여럿을 돌보는 것은 얼마나 어려운 일일까. 그런 이들에게 감시자인 검처럼 내내 촉을 세운다면 어쩌면 부모의 마음으로 다가간 스승의 진짜 마음은 학부모는 물론 아이로부터도 한 발 물러서게 될지도 모를 일이다. 아이를 키우는 일은 스승도 부모도 합심해 해나가야 할 일이 아닐까. 누가 주도하는지 혹은 누가 갑이고 을인지의 문제가 아니라 아이가 때때로 직면하는 문제들을 한마음으로 고민하는 자세와 소통하고 사랑을 더할 수 있는 마음들이 모여 우린 아이들을 건강한 어른으로 성장하게 할 수 있을 것이다.

아이의 마음은 단순하고 명료하다. 그래서인지 어제 좋았던 사람에게 오늘은 마냥 서운한 감정이 앞서기도 한다. 그런 아이의 마음을 알지만, 유치원에 다녀온 아이의 얼굴에 그늘이 드리우면 조심스레 아이의 마음을 탐색하려 든다. 이따금 '혹시 무슨 일이 있었던 걸까?' 싶어 걱정하면 어느새 아이는 다시 서운했던 이에게 정을 붙인다. 선생이 됐든 친구가 됐든 작은 사회를 배워가는 과정이리라. 걱정이 앞서는 날엔 혼자 고민하지 않는다. 아이의 선생은 누구보다 믿음직한 내 육아의 협력자이니 말이다.

그저 네 세계가 넓어지기를 바랄 뿐

아이가 태어났을 때만 해도 바라는 건 건강하게 자라는 것 단 하나였다. 그 생각은 다행스럽게도 꽤 오래 지속됐다. 그런데 사람 마음이 어디 한결같기만 한가. 아이가 자랄수록, 아이가 말하기 시작하고 발달을 보이기 시작할수록 마음은 누군가 알아채지 못할 정도로 아주 조금씩 움직였다.

정말 건강하게만 자랐으면 좋겠는데 말이 좀 빠른 거 같으니 혹시 배우고 익히는 것도 빠르지 않을까 하는 마음이, 표현이 분명하고 언어 구사력이 좋으니 반장감은 아닐까 하는 마음이 나도 모르는 사이에 어딘가에 숨었다 이따금 머리를 든다. 아이가 어린이집에 가고 유치원에 다니면서 생각은 팔랑귀처럼 마구 흔들렸는데 어느새 나도 모르게 좋다는 교육에 은근 슬쩍 귀를 가져다댔다.

많은 엄마가 저마다의 방식으로 아이에게 최선을 다하겠지만, 엄마는 정말이지 나를 악착같이 키우셨다. 난 잘된 농사에 속하지 않았다. 엄마가 원하는 대학에 가지 못했고 인풋

만큼 아웃풋이 나온 게 아니다. 그런데도 엄마는 끝까지 포기하지 않고 많은 것을 헌신했고 또 많은 것을 투자했다. 물질보다 더 많은 것을 이를테면 시간, 닳는 마음, 감정 등. 돌아보면 엄마한테는 미안한 것투성이다. 그렇다고 그때로 돌아간다고 하면 효도 좀 해보겠다고 인풋만큼 아웃풋을 내고 좋은 성적표를 보여드리고 원하는 대학에 가는 일을 하는 거에는 여전히 관심이 없다.

내가 사는 곳은 서울에서 벗어난 아주 작은 도시였다. 당시만 해도 고등학교에 가려면 연합고사라는 걸 봤다. 입학한 학교에서는 틈만 나면 '한수 이북의 명문'이라는 말을 입버릇처럼 했다. 지금 생각하면 손발이 다 닳아 없어질 정도로 부끄러운 말이다. 그런데도 좋은 학교였는데 그건 어떤 우열로 잴 수 없이 순하고 다정한 친구가 많았기 때문이다. 그러니까 웃자라는 걸 즐겨하지 않는 아이들이 모여 있다 보니 서로 간에 크게 문제를 만들 일이 없었고 모두 결들이 선했다. 돌이켜보면 내가 다닌 학교는 그게 가장 큰 자랑이었다. 좋았던 학창 시절이 아쉬운 건 내가 넓고 깊어지지 못한 것 그거 하나다.

이렇게 말하면 노인네가 되는 것 같지만, 당시만 해도 인터넷 발달이 이 정도가 아니었다. 휴대 전화로 뭘 검색한다는 건 상상하지 못했고 검색 능력이 부족한 탓인지 원하는 걸

뚝딱 얻어낼 수 없었다. 기본으로 좀 헤매야 했고 그렇게 드는 품에 용기를 내주지 못해 학교의 울타리를 온전히 벗어나기까지 그냥 모르는 채로 살아버렸다. 말은 제주도로 가고 사람은 서울로 가라고 했던가. 그래서 '서울이란 도심 한복판에 살았다면 조금 나았을까.'라고 생각하지만, 잘 모르겠다. 그것보단 뭘 좋아하는지 어떤 사람인지를 정확히 알지 못했다는 쪽이 더 맞겠다. 대학에 입학해 아주 조금 어떤 사람인지 뭣에 미혹하는 사람인지를 알게 됐을 때 어쩐지 너무 많은 시간을 돌아온 것 같았고 가장 젊었던 그때조차 새로운 것을 시도하고 좋아하는 것을 집요하게 파고들기에는 용기가 부족했다. 그랬던 시간을 모두 뒤로하고 그때로 돌아가자면 더 많은 책을 읽고 더 많은 음악을 들으며 더 많은 영화를 보는 것으로 내 세계를 넓힐 것이다. 다시 스물이 되면 되도록 많은 곳으로 자주 여행을 떠날 것이다.

아직 철없는 젊은 엄마의 바람일지 모르겠지만, 아이에게 바라는 바가 그리 많지 않다. 글쎄다. 조금씩 많아지는 것 같기도 하지만, 여전히 마음을 다잡으며 바라는 건 오직 아이가 더 많은 책을 읽을 수 있게, 그리고 음악과 영화에서 더 많은 감동을 경험할 수 있게 도와주는 것이다. 나보단 더 깊고 넓은 사람이 되기를 바란다. 아이의 세계가 너무나 단단해 어지간한 것들에는 흔들리지 않는 사람이 되기를, 만약 그렇게 깊고 넓은 세계가 있다면 기꺼이 아이의 선택에 박수칠 수 있는 엄마가 되기를 바란다.

살다 보면 또 많은 것이 변한다. 나 또한 다른 마음을 먹을 수도 있겠지만, 지나고 보니 그 세계만 분명했다면 나 또한 지금과는 조금 다른 사람이 되지 않을까 생각한다. 뭣으로 내리쳐도 부서지지 않는 견고한 세계 아이만의 성이 지금부터 착실히 쌓였으면 좋겠다. 그게 곧 사람의 색을 만들어낸다는 것을 난 너무 늦게 깨달았다.

마음을 다부지게 정하며 내가 할 수 있는 것들을 곰곰히 세어본다. 뭐가 있을까? 그게 뭐든 아이가 좋아하는 것을 찾아가는 길에 힘을 다해 함께하고 싶다. 이따금 말을 보태는 바람에 다투기도 하려나. 지금의 나와 엄마처럼. 모쪼록 바라는 것은 겸손할 줄 알되 자신만의 곧고 깊은 취향이 근사히 자리 잡는 사람이 되기를, 그렇게 아이의 세계는 어느 곳에도 갇히지 않고 넓게 뻗어나갈 수 있기를 바란다.

날씨형 인간이 돼도 괜찮아

작은 하천을 잇는 동네 구름다리에 할머니와 할아버지 열 댓 분이 휠체어를 타고 나란히 앉으셨다. 소풍 나온 아이들처럼 열을 맞춰. 손에는 빨대 꽂은 음료수 하나씩 사이좋게 드시고는 오랫동안 먼 하늘을 응시했다. 뒤에는 유치원으로 따지자면 선생으로 보이는 몇 분이 함께 자리를 깔고 앉으셨는데 보아 하니 동네 요양원에서 가을 날씨가 좋아 짧은 소풍을 나왔던 모양이다. 시야를 가리는 게 죄송스러워 괜히 몸을 낮게 숙이고 앞을 지나가니 할아버지 한 분이 허허 웃으신다. 작고 연약한 아이로 돌아가는 시간. 그 시간에 닿기까지 얼마나 많은 계절과 날씨를 통과한 걸까. 그런데도 하늘을 응시하는 눈에는 아이의 얼굴이 담겼다. 모습들이 예뻐 괜히 웃음이 나왔다. 고개를 들어 하늘을 보니 색은 파랬고 곳곳이 붉고 노랗게 가을 색을 입어 저절로 마음이 풀어지는 아름다운 날씨였다.

한땐 날씨에 퍽 예민했다. 일상의 무게에 떠밀려 살다 보니 어떤 날은 창밖 한 번 제대로 보지 못하고 지나쳤지만, 여전히 좋은 날씨엔 마음이 간질간질해 아이를 데리고 어디론가 휙 떠나가 싶은 마음이 찾아온다. 날씨에 예민한 사람으로 살다 보면 불편한 점이 여럿 있다. 한때 고시 공부를 할 때 여느 고시생들과 어깨를 견주며 신림동 고시촌에서 잿빛 나날을 보냈다. 아주 잠시였지만, 그때 나를 가장 괴롭힌 건 다름 아닌 때마다 말간 얼굴로 찾아오는 날씨였다. 그때 머문 고시원 옥상은 봄과 여름에는 담배를 피우려는 남학생들로 북적댔지만, 기온이 급강하면 거짓말처럼 사람이 자취를 감추는 곳이었다.

코끝이 시려오는 그 즈음이 가장 예쁜 하늘인데 날씨가 좋아 답답한 날이면 그곳에 올라가 식사를 때우거나 음악을 들으며 한동안 마음을 달래고 내려왔다. 끼니마다 같이 밥을 먹던 선배가 "오늘 날씨 정말 좋죠?", "오늘도 날씨가 정말 좋네요." 하며 푸념 섞인 얘기를 하는 소리를 며칠 듣더니 피식 웃으며 "공부하기 어렵겠군."이라고 회답했다. 자신은 날씨에 전혀 영향을 받지 않는 사람이라고 덧붙였다. 그 말에 '어떻게 날씨에 전혀 미동하지 않을 수 있지.' 하며 진득한 성품의 선배를 향해 도리질했다. 그 선배는 고시에 턱하니 합격했을까. '날씨가 좋구나. 오늘도.' 생각할 때마다 가끔 그 선배의 말이 기억난다.

날씨가 좋은 날이면 혼자만 만끽하는 게 미안해 예고 없이 아이를 데리러 간다. 그러면 아이는 이미 교실에서 나오면서부터 입이 귀에 걸린다. '이 녀석도 앞으로 공부하긴 어렵겠군.' 싶게 좋은 날씨엔 마음이 간질간질한가 보다. 좀 심심하게 삶을 사는 사람들이 보면 날씨는 그저 일상에 불과할 것이다. 해가 뜨고 지고, 날이 조금 덥거나 춥거나 혹은 적당한 그 사이 비가 오면 좀 번거롭고 눈이 오면 골치가 아프다. 왠지 이런 사람들은 영 재미없어 보인다.

나로 말할 것 같으면 1월 중순부터는 봄빛을 기다리고 봄이 오면 마음이 콩닥거려 내내 어쩌지를 못한다. 여름날엔 한낮의 볕이 좋아 자꾸만 음악을 찾게 된다. 가을엔 길을 가다가 발길을 멈추는 순간이 많다. 겨울 냄새가 날 즈음엔 아침저녁으로 코를 킁킁거리며 좋다는 말을 연발한다. 이런 날씨형 인간은 일상을 균형감 있게 살아가는 데는 영 소질이 없을지도 모른다. 그런데도 아이가 살면서 이렇게 작고 소소한 것들의 소중함을 온몸으로 느끼며 살았으면 좋겠다.

자연이 주는 아름다움은, 계절이 주는 색색의 그림은 뭣으로도 대체할 수 없이 경이롭다. 아주 마음이 엉망이 되는 날에도 그날의 날씨는 무슨 힘이 있는 건지 구겨진 마음을 회복할 수 있다. 비가 오는 날엔 나름의 운치가 있어 좋고 맑은 날엔 쨍한 빛으로 마음 구석구석이 말끔히 표백되는 듯해 좋고 바람이 좋은 날엔 어지간한 일쯤 피식 하고 웃어넘길 여유가 생겨 좋다.

사람들이 고단한 일상을 살아가는 진짜 힘은 어쩌면 이런 데 있을지도 모른다. 물질로 대체될 수 없는 어떤 것들. 지금의 아이는 그저 모든 게 신기하고 즐겁겠지만, 살다 보면 바닥을 치는 어른의 일상을 만나게 되는 날도 올 것이다. 그럴 때 휙 하고 어딘가로 소풍을 가 마음을 잘 말리고 돌아올 줄 아는 사람이었으면 좋겠다. 회복 탄력성이라고 했던가. 내가 배우고 경험한 모든 계절의 힘은 쉽게 변하는 법이 없어 10년, 20년이 지난 후에도 내게 그랬듯 내 아이를 단단히 영글게 할 것이다.

며칠 사이 바람의 온도가 달라졌다. 요즘 아침마다 아이를 데려다주며 코를 킁킁거리자 이번에는 나보다 먼저 아이가 말한다. "아, 겨울 냄새! 엄마, 그러려고 그랬지?" 아이가 내게서 가장 먼저 배운 건 어쩌면 바로 때마다 고운 이 계절일지도 모른다.

누구도 아프지 않기를

태어나 아이는 깊은 터널의 시간을 걸었다. 그 터널 속으로 들어가 깊은 밤을 함께 걷고 싶었지만, 불가항력이었다. 누구도 함께 할 수 없는 일을 태어난 지 일주일도 채 되지 않은 아이는 2.9킬로그램의 몸으로 해냈다.

신생아 중환자실의 면회 시간은 오후 1시와 7시로 하루 두 번 각각 30분씩 주어진다. 때가 되면 아이들을 보러 온 부모들이 단단하게 봉인된 유리문 앞에 바투서 초조한 얼굴로, 아이를 본다는 설렘에 달이 뜬 소리로 문이 열리기를 기다린다. 외국인의 모국어부터 지방색이 섞인 말까지 속삭이듯 뒤섞이는 가운데 이곳까지 한달음에 달려왔을 저들의 심정이 나직이 녹은 것을 느꼈다.

1분이라도 늦어 아이의 얼굴을 오래 보지 못할까 봐 일찌감치 채비해 병원으로 나서고 그 앞에서 기다리는 10분 남짓의 시간은 천 년처럼 길기만 하다. 어떤 이들은 아예 중환자실 앞 대기실에 진치는 이들도 있었다. 생활의 흔적이 고스란히 엿보이는 세간들을 엿보며 저들의 이 생활이 얼마나 오래됐는지를 감히 짐작해보기도 했다. 그곳에 모인 부모들은 무슨 죄라도 진 사람처럼 누구 하나 목소리를 높여 얘기하는 법 없이 수척한 얼굴로 자근자근 저들만의 염려와 저들만의 기대를 나눈다.

출산 소식에 사람들의 메시지가 줄을 이었다. 무탈하게 태어나 지금쯤이면 낯선 세상에 적응하느라 한참 조그만 입을 새처럼 오물거리고 채 뜨지 못한 눈을 이리저리 굴리며 세상을 탐색하느라 분주할 것을 짐작한 이들의 안부 앞에 어떤 답변도 할 수 없었다. 바라기는 이 난처한 휴대 전화가 저만치 떨어져 제발 좀 잠잠하기를 바랄 뿐. 모든 것이 내 탓 같기만 해 마음이 무거운 나날이었다. 한편으론 그렇게 홀가분할 수 없는 얼굴들을 함께하고 있다는 것만으로도 날마다 하루 두 번 중환자실 앞에 모여드는 이름도 채 모르는 그들에게서 묘한 동질감 같은 것을 느꼈다.

오랜 전쟁 가운데 날아드는 고향의 편지를 기다리는 어느 영화 속 마음 같은 것들. 그 공기 가운데 그것들이 둥둥 떠다니는 것 같았다. 그 가운데 지방색이 짙게 섞인 목소리가 툭 하고 불거졌다. "애들은 스물까지 안 아프게 하는 것을 누가 만들었으면 좋겠다. 그렇게 태어나면 좋겠는데." 그 말에 고개를 휙 하고 돌려보며 반색하고 싶을 만큼 공감이 갔다. 이 조그만 아이들이 견디기에 중환자실의 무게는 지나치게 가혹했다. 까닭 없이 병이 나고 예기치 못한 불운을 만나게 되는 사람의 일을 누군가의 탓으로 돌릴 수는 없는 일이지만, 아무리 그렇다고 해도 이곳에 모인 조그만 아이들은 그저 티 없이 무구하기만 한데 이건 좀 너무한 거 아닌가 하고 실컷 고함이라도 치고 싶은 마음이었다.

아이는 가장 안쪽에 자리했다. 제 몸보다 큰 기계와 연결된 선 여러 개를 몸에 꽂은 채 깊은 잠을 자는 아이는 개중 가장 상태가 좋아 보였다. 얼마나 이곳에 있었던 걸까 짐작되는 아이들의 모습을 보며 문이 열리기를 기다리며 들은 말을 다시금 떠올려봤다. "어쩌자고 이 아이들이 여기에 이렇게 모이게 된 걸까." 그게 다 내 탓 같기만 해 살면서 미안한 모든 이의 얼굴을 떠올리며 살면서 조금이라도 내가 잘못한 일이 있다면 이것으로 다 상계한 셈이 됐으면 좋겠다고, 이것으로 다 갚은 게 됐으면 좋겠다고 바라기도 했다. 그리고 이 아이의 건강과 맞바꿀 수 있다면 내 삶이야 어떻든 죄다 내 것들은 뒷전에 둔 채 살 수 있다고 다짐하며 말이다. 내 아이를 비롯해 태어나 이 모진 시간을 혼자 견딘 이곳의 아이들은 앞으로의 시간은 내내 평온하기만을 바란다고 다시 또 그곳에 아이를 두고 나오며 간절히 바랐다.

퇴원 후 2년 남짓 외래 진료를 다니며 그때 본 엄마들과 여러 번 마주쳤다. 아는 체하지 않지만, 각자 기억하는 듯 아이들에게 오래 눈길이 머문다. 언제 그런 시간이 있기나 했냐는 듯 건강해 보이는 아이들이다. 더러는 아직도 그 깊은 터널에서 빠져나오지 못하고 체념과 기대를 반복하는 이들도 있을 것이다.

얼마 전 아이를 재우고 한밤에 빨래를 개는데 한 교양 프로그램에서 소아 병동에 있는 부모들의 얘기를 다뤘다. 여성 패널 셋이서 사회 곳곳에 소외된 이들의 얘기에 귀를 기울이는 프로그램이었다. 병원에 누운 아이를 두고 햇빛 한 번 제대로 볼 수 없는 부모들의 얘기를 듣는 내내 자꾸만 눈물이 났다. 내가 그 자리에 함께였기에 다 알 것 같은 저들의 속 얘기였다. 새해를 맞아 제작진이 끓인 떡국을 받아들고는 함박으로 웃는 저들의 마음속에서 여전히 작은 불씨로 힘을 다하는 희망을 발견했다. 문이 열리기를 기다리는 5분 동안 내게 찾아온 낮은 희망과 설렘 같은 것들 말이다. 어제보다 오늘은 한 발 더 우리가 웃으며 안을 수 있는 시간으로 다가가고 있다는 희망. 그게 날마다 감당할 수 없는 무게로 짓누르는 부채감 가운데서도 부모를 살게 하는 힘이 될 것이다.

누군가의 낮은 읊조림처럼 지금도 말간 얼굴로 세상을 처음 맞이하고 있을 아이 중 누구도 아프지 않았으면 좋겠다. 그

정적과 고요의 시간이 불운처럼 찾아오거든 터널 밖에서 기다리는 아이들의 세상은 좀 더 평온하기를 바란다. 고단한 지난 모든 시간을 다 덮고도 남을 만큼의 평온이 가득하기를 바란다.

도서관 가는 길

이사하면 근처 공원과 도서관부터 찾는다. 아이와 내게 이보다 좋은 놀이터는 없기 때문이다. 올봄 아이와 세 번째 이사를 했고, 며칠간 집에 틀어박혀 남은 짐을 정리하고는 아이의 손을 잡고 제일 먼저 도서관을 찾았다. 때마침 도서관에서는 화요일과 수요일마다 아이들을 대상으로 한 독후 수업이 막 시작됐다. 도서관은 습관처럼 가는 곳이면 좋겠다 싶어 수업에 흥미를 보이는 아이를 보며 잘됐다는 생각에 꾸준히 도서관 독후 수업에 참여한다.

수업은 다섯 살 아이에게는 제법 길다고도 할 수 있는 꼬박한 시간이었는데 처음에는 중간에 좀 힘들어하는 듯하더니 한 달 정도 지나자 수업에 완벽하게 적응해 마칠 시간이 되면 못내 아쉬움을 표현하기도 했다. 그도 그럴 것이 수업은 아이들의 집중력을 흐리지 않고 흥미를 유발할 수 있게 여러 활동으로 진행됐다. 내가 보기에도 유익하고 즐거워 지루함을 느낄 새가 없었다. 뭣보다 좋은 건 아이와 엄마가 함께할 수 있는 수업이라는 것이었다.

어린이집에 가기 전에 할 수 있는 거라곤 기어 다니는 게 전부인 시절부터 말이 어눌하던 때까지는 모든 수업에 부모가 함께 참여할 수 있었다. 아이의 수업이라기보다 엄마 수업에 가깝게 느껴질 때도 있을 만큼. 아이는 웬일인가 싶게 집중하는 날이 있는가 하면 온종일 기어 다니고 애먼 것들에만 관심을 갖다 오는 날도 있었다. 아이가 굵직한 발달을 모두 마칠 때쯤 아이 혼자만 들어갈 수 있는 수업이 많아졌다. 아이가 완벽하게 자신만의 세계로 나아가는 연습을 시작한 것이다. 유치원에 보내면 고작 사진으로 아이의 활동을 확인할 수 있었는데 궁금할 때가 여러 번이었다. 누워 있기 좋아하는 녀석이 수업 시간에도 교실 한복판에 큰 대★ 자로 눕는 건 아닐지, 혼자 하는 가위질에 애 먹지는 않을지, 선행 학습을 시작한 아이들 틈에서 자신감을 잃지는 않을지. 아이를 유치원에 들여 보내고 집으로 돌아와 일을 하는 중간에도 불현듯 이런 사소한 걱정이 들 때면 손을 놓고 보이지 않는 아이의 일상을 가만가만 그렸다.

그런 의미에서 아이와 함께하는 도서관 수업은 아이의 태도와 발달 정도를 조금이나마 가까이서 관찰할 수 있는 기회였다. 개방된 수업이었기에 다섯 살 아이보다 어린 아이부터 그보다 나이가 많은 초등학교 저학년까지 모두 오는 자리였다. 아이는 학기 초 소수 그룹일 때부터 참여한 수업이라 주마다 반복해 부르는 노래에 목청을 높였고 선생이 질문을 유도할 때도 엉덩이를 빼는 법 없이 보란 듯 자신감을 보였다. 그것만으로도 다행이라 생각했다.

계절이 변하는 동안 어떤 날엔 먼지가 심했고 또 어떤 날엔 갑작스런 비가 몰아치기도 했고 너무 더워 집에서 한 발짝도 나가고 싶지 않은 날도 있었다. 그런 날에도 화요일과 수요일이면 유치원 가방을 제치고 조그만 손가방에 저 좋아하는 인형이며 간식을 담아 어서 가자고 채근했다. 모든 망설임을 이겨내고 나선 길은 언제나 좋았다. 비가 오는 날엔 참방참방 물웅덩이를 찾으며 가는 재미에 깔깔 웃었고 더위가 기승인 날엔 맑고 쨍한 볕이 만들어내는 빛 그림이 장관이었다. 도서관에 간다기보다 가까운 곳으로 소풍을 가는 기분이었다. 계절이 미미하게 발을 옮기듯 어느 날도 같은 날이 없었다. 어떤 날은 소소한 풍경에 이끌려 도서관 수업에 늦기도 했지만, 그런 건 중요하지 않았다. 수업도 중요하지만 도서관으로 가는 길에 만나는 모든 것이 아이와 내게 배움이었으며 늦게라도 참여한 수업에서 단어 하나, 가위질 한 번이라도 하고 오는 것만으로도 유익했다.

봄, 여름, 가을이 지나고 겨울이 돼 도서관 방침상 독후 수업은 오랜 방학에 들어갔다. 누구보다 아쉬워한 건 아이였다. 어느새 흠뻑 정이 든 선생들도 아이에 대한 깊은 애정과 아쉬움을 표현했다. 값비싼 학원비를 지급하고 만난 선생들 못지않게 도서관 선생은 아이들과 수업에 대한 애착이 컸고 수업 역시 이 좋은 걸 정말 무료로 들어도 되나 싶게 짜임새가 좋았다.

영어 수업이 있는 날이면 아이는 제 손으로 작은 파닉스북을 만들었는데 스스로 만든 영어책이 A부터 Z까지 모두 모이고도 남는 시간이었다. 어느 틈엔가 샤워하고 나오거나 설거지하고 돌아서면 그것들을 방 한가운데 펼쳐놓고 선생이 된 것처럼 소리 내 단어 하나하나를 손으로 짚어가며 읽는 모습을 발견하는 날이 많아졌다. 마지막 수업까지 두어 주 남겨두고 집에 오는 길에 우연히 퇴근하는 선생과 마주쳐 함께 도서관 길을 타박타박 내려온 적이 있었다. 부쩍 관심을 갖는 아이의 모습이 기특해 얘기했더니 선생은 슬며시 미소를 지으며 "제가 바라는 게 그거예요. 이맘 때 아이들이 관심을 가지며 '재밌구나!' 하고 좋아하면 됐다고 생각해요."라고 말하는데 마음 어딘가 따뜻해졌다.

사교육의 홍수 속에서 좋은 것이 많지만, 그중 가장 좋은 방법은 꾸준함이 따르는 것이라는 것을 지난 1년 동안 감사히도 배웠다. 독서 선생도 영어 선생도 아이와 정이 흠뻑 든 탓인지 헤어지며 내년 봄을 기약했다. 그렇게 다시 또 1년을 꽉 채운 내년 겨울에는 아이는 어떻게 달라질까. 꼭 많은 것을 배우지 않아도 좋겠다. 아이와 내가 손을 잡고 오가는 길

에 유유히 흐르는 장면과 도란도란 나누는 얘기가 성실히
쌓이는 것만으로도 이 모든 시간은 이미 값지다.

딸아이에게

"노!"라고 말하는 것은 미덕이 아니라고 배웠다. 어른들을 보면 꼭 인사해야 하고 품행이 단정해야 하고 부정적 감정을 드러내지 말아야 한다는 등 '마땅히'라고 이름 붙는 것들을 귀에 인이 박히도록 들었다. 그 누구도 "노!라고 얘기해도 돼."라고 말해주는 사람은 없었다.

독실한 크리스천인 아빠는 술을 좋아하는 사람이 아니었기에 집에 손님이 자주 드나드는 편은 아니었지만, 이따금 집을 찾는 아저씨 중에는 어린 내가 귀엽다고 덥석 손을 잡거나 불콰해진 얼굴로 머리를 쓰다듬는 이들도 있었다. 그게 영 싫어 어깨를 추어올리며 몸을 뺐지만, 익히 알아온 아빠의 동료거나 이웃이거나 친척이었기에 면전에 대고 무안을 줄 수 없었다. 타인을 불편하게 하는 마음의 것들을 감추는 게 자연스레 미덕이거니 하고 배운 것이다.

아이와 외출할 때면 무람없이 손을 뻗어 아이를 만지려드는 건 딱 내 머리를 쓰다듬거나 덥석 손을 잡아오던 그 연배의 남성들인 경우가 대부분이다. 그럴 때면 당황한 기색을 감추지 못하고 황급히 아이를 내 곁으로 끌어당긴다. 그러면서도 나 또한 쏘아붙이는 말은 차마 하지 못한다. 내가 체득한 '감정을 감추는 미덕'이 여전히 있기 때문이다.

이렇게 무례한 사회를 살아오면서도 한 번도 페미니즘에 대해 골똘히 생각하지 않았다. 어쩌면 여자라는 이름으로 살면서 받은 것들에 나 또한 익숙해졌기 때문이다. 그러고 보면 받는 만큼 내주거나 포기한 것도 많았을 텐데 말이다. 오히려 조용한 물가에 돌을 던지는 이들이 불편하게 느껴지기까지 했다. 여성 인권을 위해 소리를 높이는 사람들, 감정을 드러내는 사람들, 퍼포먼스를 마다하지 않는 사람들, 그들이 돌을 던진 파장에 나도 출렁였기 때문이다. 소리를 높이는 당위성을 모르지 않으면서도 그 소리에 함께 출렁이는 내 마음이 불편했다. 단단하고 안전하리라 믿은 얼음 호수가 금방이라도 깨질까 봐 겁도 났다. 차라리 못 본 척 피하고 싶었다. 그런데 아이를 낳고 보니 새삼 그 어렵기만 하던 문제에 대해 각을 잡고 앉아 고민했다. '어떻게 하면 용맹하고 건전한 사람으로 아이를 키울까.' 생각하다 보니 이르지 않을 수 없는 산이었다. 어떻게든 견디고 감추며 살아왔는데 아이는 같은 방식으로 살도록 둘 수 없는 사회였다. 아직도 사회 구조는 불평등이 발에 채이도록 여기저기에 많다. 이대로 가다가는 아이도 여자이기에 내가 겪은 것들을 고스란히 떠안게 될 것이다.

며칠 전 아이와 전철을 타고 오는데 웬 어르신이 쉴 새 없이 종알대는 아이를 물끄러미 보다가 사탕 두 개를 손에 쥐어 줬다. 덥석 받아드는 아이를 일단은 뒀는데 입에 넣으려고 하자 와락 겁이 났다. 내게 있던 사탕으로 바꿔주며 "이건 있다가 먹을까?" 하니 순순히 아이가 따랐다. 사탕을 하나 쥐어준 탓인지 어르신은 자꾸만 아이에게 말을 걸었고 때늦게 요즘 들어 낯을 가리기 시작한 아이는 자꾸만 내 등으로 얼굴을 묻었다. 우리가 내릴 곳이 돼서 일어나려는데 어르신이 아이에게 손을 뻗었다. 악수하자는 거였다. 아이가 고민하는 사이 우린 사람들 틈에 떠밀려 황급히 내려버렸다. 이럴 때마다 아이에게 사회를 어떻게 알려줘야 할지 고민이다. 이웃에게는 상냥하게 인사하도록 가르치면서도 낯선 사람에게 곁을 줘서는 안 되고 제아무리 이웃이라도 또 제아무리 막역한 사이라도 조심하고 경계한다는 것 역시 단단히 일러야 한다. 어쩌면 아이에게는 구분해 행동하는 것이 어려운 일이지도 모르는데 말이다. 지하철에서 내리자마자 아이를 손을 꼭 움켜쥐고는 "낯선 사람이 주는 건 감사합니다. 하지만 괜찮아요. 하고 받지 않아도 돼. 그리고 모르는 사람이 주는 건 조심해야 해." 아이는 내 목소리에 무게가 실린 탓인지 중요한 얘기를 들은 듯 고개를 끄덕였다. "누군가 악수하려거나 네게 손을 뻗으려고 할 때 그게 기분이

나쁘면 싫어요. 하지 마세요."라고 얘기해도 괜찮다고 말했다. "은우가 잘 아는 사람이라도 그게 기분이 나쁘면 분명하게 얘기해도 돼. 그건 잘못하는 게 아니야."라고 힘줘 말했다.

실제로 불편한 사고의 대다수는 익히 알고 지내던 지인이 가해자라고 한다. 비단 사고뿐이 아니다. 내가 겪은 불편하고 무례한 행동, 도를 넘는 관심과 말들은 모두 친하다는 이유 혹은 편하다는 이유가 저변에 깔렸다. 그때마다 저들의 심기를 건드리는 프로 불편러가 될까 봐 애써 말을 아꼈다. 그런데 아이는 누구에게든 기꺼이 "노!"를 말하며 자신을 지킬 줄 아는 사람이기를 바란다. 그런데도 실은 아직도 답을 몰라 갸웃하고 불안할 때가 있다. 혹시나 어디 가서 정 맞는 모난 돌이 될까 봐, 그래서 녀석이 다치기라도 할까 봐 걱정이 앞서는 것이다. 이럴 땐 정말 할 수만 있다면 아이를 조그맣게 만들어 내 주머니에 넣고 싶다. 아니 그 모든 위험 가운데서는 내가 녀석의 인생을 대신 살아주고 싶다. 아무튼 아이 키우기에 쉽지 않은 세상이다. 담대하고 처세 좋은 사람으로 키워내기 위해 앞으로 어떻게 해야 할까. 빠르게 돌아가는 세상 속 뉴스를 마주하며 날마다 고민한다.

봄하늘

언젠가 누가 내게 '너 좋아하는 봄'이라고 했을 때 속으로 피식 하고 웃었다. 봄에서 마음 떠난 지가 언젠데. 계절에 민감해 1월부터 봄을 기다린다. 계절에 대한 기대가 지나쳤다. 불과 10년 전만 해도 그랬다. 언제부터였을까. 봄이 무서워지기 시작한 건. 또 언제부터였을까 하루가 멀다 하고 미세 먼지 소식이 들려왔던 건.

처음 아이가 모기에 물렸을 때 대수롭지 않게 지나친 건 으레 내가 물렸을 때 빨갛게 부풀어 오른 자국쯤으로 생각했기 때문이다. 약국에서 연고를 사다가 호호 하며 발라주고 가려워 긁으려고 손이 먼저 가는 걸 볼 때마다 피딱지 앉게 하지 않으려고 토닥토닥 두드렸다. 아이 피부에 앉았던 모기의 흔적은 예사롭지 않았다. 쉽게 가시지 않고 이틀 사이 빨갛게 부풀어 오르다 못해 파랗게 얼룩이 생겨 한눈에 봐도 안쓰러운 마음에 미간이 저릿했다. 가만히 둘 수 없어 아이를 안고 병원에 갔다. 며칠 지켜본 의사는 알레르기 검사를 하자고 제안했다.

아이의 몸에 바늘이 들어가는 걸 지켜보는 건 아직도 어렵다. 난 번번이 먼저 눈을 감는다. 주사기를 보며 벌써부터 눈에 눈물이 그렁그렁한 아이의 얼굴을 애써 돌린 채 나도 눈을 질끈 감는 순간 왕 하고 아이가 울음을 터트리면 언제 그랬냐 싶게 간호사는 어느새 아이의 팔에 캐릭터가 그려진 동그란 반창고를 붙인다. 아이도 나도 겁에 질린 게 무색하게 주사는 찰나다. 그런데 채혈하는 알레르기 검사는 달랐다. "잘한다. 잘한다. 잘한다.", "금방 끝난다. 다했다." 하며 예방 접종을 하는 순간보단 더 긴 시간을 씨름해야 했다. 어려웠던 검사만큼이나 결과도 오래 걸려 며칠 뒤 다시 병원에 찾았다. 결과는 아이에게 '집먼지 진드기 알레르기'가 있는 것으로 나왔다. 벌레에 물려도 예민하게 반응할 수 밖에 없었다. 의사는 알레르기 환자들이 조심해야 하는 몇 가지를 꼼꼼하게 알려줬다. 그중 먼지나 나쁜 공기에 대한 언급도 잊지 않았다.

야속하게도 쨍한 하늘을 볼 수 없는 요즘의 봄은 눈치 게임이라도 하는 것처럼 아침에 일어나면 휴대 전화로 미세 먼지 지수를 확인한다. 날이 좀 풀려 아이 손을 잡고 산책이라도 할까 싶어 포털 사이트에서 전국 날씨를 클릭해보면 역시나 미세 먼지 지수가 붉게 도드라졌다. 오늘은 날이 좀 맑은가 하고 창밖을 보는 날이면 봄바람을 밀고, 다시 추위가 자리하기를 반복하는 요즘. 우리의 봄이 어디로 간 걸까.

'미세 먼지'라는 단어를 처음 들은 건 분명 아이를 낳은 후였다. 그전에야 소풍을 계획한 날, 나들이나 여행을 앞둔 전날 비가 오지는 않을까 걱정하는 게 전부였는데 이젠 비라도 내려 먼지를 좀 씻겨준다면 오히려 고마운 마음이 드는 정도다.

알레르기가 있는 아이는 미세 먼지에도 유난스레 반응한다. 호흡기가 약하다 보니 기침으로 금세 반응하는 것이다. 그럴 땐 호흡기 치료를 하려고 병원에 간다. 어느새 호흡기에 있어서만큼은 예민한 엄마가 돼 쫓아다니며 아이에게 잔소리한다. 그러다 보니 답답하다고 그토록 싫어한 마스크에도 익숙해진 모양인지 놀이터에서 노는 친구들 틈에서 내 아이만 마스크를 꿋꿋이 하는 걸 볼 땐 어쩐지 미안하고 안쓰럽다. "호흡기가 약해서 미세 먼지 조금만 심해도 기침하니 어째야 할지 모르겠어요." 놀이터에 삼삼오오 모인 엄마들 틈에서 걱정하니 기다렸다는 듯 여기저기서 하소연이 터진다. "우리 아이는 피부로 나타나요. 아토피로 어릴 때부터 고생했거든요.", "저희 아이는 콧물이요. 한 번 먼지 나면 콧물과 재채기가 떨어지지 않아요." 의학과 기술이 발달한 세상에 사는데도 아이들은 탁해진 공기에 더 신음한다.

미세 먼지라는 말에 아직 적응하지 못했는데 그보다 무서운 말이 기다렸다는 듯 등장했다. 초미세 먼지. 나아질 기미는 보이지 않고 강력해지기만 하는 것이다. 교육이니 복지니 이런 거 다 차치하고 누가 이것부터 좀 뾰족하게 대책을 내놓았으면 좋겠는데 자연이 하는 일이라 더욱 쉽지 않다. 도리가 있는가. 뾰족한 수가 나오기 전까지는 미세 먼지 경보가 있는 날이면 꼼짝 않고 집안에 아이를 붙잡아두는 수밖에. 그런데 이게 언제까지 방법이 될 수 있을지 모르겠다. 어린 시절을 생각하면 장난감 하나 없이 종일 밖에서 놀았다. 눈이 오는 날은 입을 헤벌리고 입속으로 쏟아지는 눈을 먹어도 괜찮았고 어둑어둑 땅거미가 내릴 때까지 운동장에서 캐치볼을 하고 놀아도 이따금 흐르는 콧물 따위 쓱 한 번 닦아내면 그만이었다.

미세 먼지 경보 때문에 아이와 수목원에 가기로 예약했다 취소한 게 벌써 세 번째다. 자연이 주는 재앙과 경고 사이 우린 어디에 있는 걸까. 봄이 오면 새파란 하늘을 올려다보며 흩날리는 꽃잎 가운데 마스크 없이도 가려운 눈을 비비지 않고도 자연이란 광활한 놀이터를 마음껏 즐길 수 있게 될 날이 또 올까. 봄을 앞두고 설렘보다 두려움이 앞선다.

색칠 방법

내가 딱 지금 아이의 나이였을 무렵 우리 집 어딘가 오래도록 걸린 내 첫 작품을 기억한다. 무슨 연유에서인지 엄마가 액자에 잘 넣어 방에 걸어준 유일한 '작품'이었다. 주황색 바탕에 검고 파란 기차가 세 대 연이어 달리고 공중으로는 회색 증기가 길게 꼬리를 잇는 그림이었다. 그림 한편에는 왼손잡이였던 탓에 좌우가 바뀐 내 이름이 삐뚤게 쓰여 있다. 주황색으로 바탕을 꽉 채운 색감 탓이었을까 아직도 선명한 그 기찻길의 풍경은 기억하는 내 첫 그림이었다. 그러기까지 지금의 아이같이 나도 무수한 연습 과정을 거쳤을 것이다. 삐뚤게 이은 선과 방향 없이 색칠한 흔적들, 칸 안에 좀처럼 끼워 맞춰지지 않든 갖가지 색들까지.

심리학에는 숨김없는 아이의 마음을 읽을 수 있다고 하는 유아 미술 심리라는 분야가 따로 있다. 아이를 낳고 보니 관심이 생겨 여러 번 그림으로 아이의 마음을 읽어보려고 했다. 아이가 특정 색을 많이 쓸 때엔 왜 온통 저 색깔만 고집할까, 숨은 뜻이 뭘까 고민했다. 선을 제대로 잇지 못하거나

도형을 채운다기보다 마구잡이로 손을 움직이는 일에만 시간을 보내는 듯 싶을 때엔 여러 생각이 들기도 했다. 하지만 아직 어린 아이에게 뭘 바랄까 이내 마음을 다스리고 그려내는 모든 것에 물개 고음으로 칭찬하고 뭘 그렸냐고 물어보니 아이는 어깨가 으쓱해 자신이 그린 것을 자랑했다.

아이와는 속도를 맞춰 걸어야 하는데 발이 빨라 자꾸만 앞에서 아이를 채근하는 날이 많다. 그 와중에도 날마다 그림을 그리지만, 뭘 그렸나 자세히 보면 도통 형체를 알 수 없어 내 머릿속은 무수한 물음표를 그린다. 이를 알 리 없이 어깨를 으쓱하는 아이를 두고 이 나이에 이 정도 그리는 게 맞나 고민했다. 조그만 손을 빠르게 놀려 선 밖으로 색이 다 삐져나가도록 칠할 때, 얼굴을 그려야 하는데 달랑 점 두개를 찍어놓고 눈과 코와 입을 다 그렸다고 할 때 아이 몰래 고개를 돌려 한숨을 쉬었다. 그러던 차에 나도 사실 그림에는 젬병인지라 아이에게 척척 좋아하는 그림이나 캐릭터를 그려줄 정도는 아닌데 많이 보면 그리는 방식도 깨치게 되는 날이 있지 않을까 하는 기대감으로 아이와 함께 그림을 그리기 시작했다. 내가 그리면 아이가 그 옆에 같은 그림을 그리는 날도 있었고 짝꿍을 만들어주는 날도 있었다. 또 어떤 날엔 특정 캐릭터 친구들을 죄다 그려달라며 떼쓰는 날도 있었다. 모든 걸 책으로 배우는 난 시중에 나온 간단한 그리기 책 한 권을 구입해 아이가 보지 않는 곳에서 몰래 연습했다. 아이가 좋아하는 것들을 쓱쓱 그릴 수 있었다.

어느 날 저녁에 설거지하는 사이 보드 칠판에 아이가 소리 없이 뭔가를 그리더니 보란 듯 내손을 잡아끈다. 어머나 그간 점 두 개 찍고 동그라미는 찌그러진 만두처럼 삐뚤빼뚤 하던 녀석이 동그랗게 얼굴을 그리고 눈과 코와 입을 정확한 위치에 웃는 나를 그려낸 게 아닌가. 그게 너무 신기해 물에 젖은 고무장갑을 벗은 채 환호하며 두서없는 질문을 마구 쏟아냈다. 빙그레 웃던 아이는 여느 때보다 의기양양한 얼굴로 "나 원래 알았어. 내가 그냥 알게 된 거야." 한다. 그래 누가 알려줬겠나. 네 속에 있던 게 때가 돼 나온 거겠지. 불안하고 의심한 게 새삼 미안했다.

아이의 그림 실력은 속도감 있게 늘었다. 여전히 형체는 울퉁불퉁하고 뭘 그린 건지 알 수 없지만, 어느 순간 아이는 용감하게 색을 썼고 머뭇거림 없이 선도 단숨에 그었다. 기다리지 못하고 다그쳤다면 그르쳤을 일들이다. 색칠하는 방법에 있어서도 아이는 방법을 터득했다. 사실 손아귀에 힘을 주고 마구잡이로 선을 넘나드는 아이의 색칠 속도를 이해하지 못한다. 어떻게 이걸 가르쳐줄까 고민하면서도 선에 꼭 맞게 테두리를 먼저 그리고 그 테두리 안에 맞게 색칠하라는 말만 반복할 뿐이었다. 그런데 어느 날 아버지가 집에 다녀간 이후 아이의 색칠 속도가 눈에 띄게 달라졌다. 누가 옆에서 지켜보기라도 한 것처럼 거의 선 안에 꽉 차게 칠한 게 새삼 놀라워 "우와! 은우, 이제 색칠도 엄청 고르네. 어쩜 이렇게 선에 꼭 맞게 칠했어?" 하고 물으니 "할아버지가 천천히 하라고 하셨어. 그럼 된대."라며 어깨를 으쓱한다. 그러게 천천히 하면 되는데 왜 난 그걸 생각하지 못했을까. 생각보다 아이의 사고는 간단하다. 천천히 기다리면 되는 것이다. 그간 잘하라고만 했지 천천히 하라고 느긋하게 얘기하지 못한 게 새삼 부끄러웠다.

앞으로도 아이는 많은 것을 배우고 경험할 것이다. 뭐든 처음에는 헤매기 마련일 테고 아이도 나도 이따금 더디 가는 것들에 조급해지는 날도 있을 것이다. 천천히 하면 잘할 수 있다는 걸 잘 알면서도 말이다. 실은 성격이 좀 급한 구석이 있다. 그런 마음이 앞서 자꾸만 일을 그르치기도 한다. 이 마음이 독이 될까 봐 아이에게 뭘 채근하고 나면 자꾸만 그러지 말자고 다짐한다. 의도적으로 "급할 거 없어. 천천히 해봐."라는 말이 늘었다. 급한 성격에 불길이 붙어 아이보다 먼저 가더라도 그 앞서간 자리에서 아이에게는 태연한 얼굴로 "괜찮아. 천천히 해봐."라고 숨을 고를 수 있게 도와주는 사람이고 싶다. 그 말이 다급한 순간 아이에게 가장 큰 응원이 될 수 있도록 말이다.

세월호 무렵

오랜 시간이 지나도 2014년의 봄을 잊지 못한다. 까맣게 새
운 그 밤이 아직도 생생하다. 당시 난 아이를 낳고 처음으로
작은 일감을 하나 받아 매진하는 중이었다. 출간을 앞둔 원
고를 만지는 일이었다. 픽션인 듯한 논픽션인 듯한 원고 내
용은 잔혹한 것이 많았다. 개중 영아 학대에 관한 부분이
나올 때면 숨을 고르며 찬물을 거푸 마셔야 거북한 마음이
좀 가셨다. 그 원고의 무게에 짓눌리고 있을 즈음 그 소식을
들었다. 검고 차가운 물속에서 사그라진 꽃같은 아이들의
사고를. 아이를 재우고 일하는 내내 나지막이 텔레비전 뉴
스를 틀어뒀다. 자꾸만 마음이 채여 볼륨을 크게 키울 수 없
었다. 금방 송연해져 어느 순간 텔레비전 앞에 가는 긴 밤이
었다.

대학 시절 교내 방송국에서 처음 만난 친구들과 언젠가 밤
바다에 갔다. 우린 둘이었다 셋이었다 하며 모래사장 여기
저기에 철퍼덕 앉아 까만 물빛을 넋 놓고 봤다. 미처 몰랐던
속 얘기들을 하며 말이다. 그때 난 친구들 틈에서 까만 밤

바다 가운데 스러져 가는 빛을 보며 아주 조금 바다가 무섭다고 생각했다. 아이들을 재촉해 서둘러 숙소로 돌아가고 싶은 마음이 들 만큼 말이다.

밤 내내 뉴스들은 바다 가운데 스러져 가는 정체 모를 빛처럼 아득하기만 했다. 그 아득하고 절망적인 소식이 들려올 때면 화들짝 겁이 나 아이가 자는 방문을 열고는 아이 옆에 가만히 얼굴을 댔다. 그 밤 얼마나 반복한 일이었는지. 지금도 그때를 생각하면 그 마음이 생생히 떠오른다. 순간마다 세상이 어떻게 아수라장이 되는지 알 턱이 없는 아이의 잠은 평온하기만 했고 그 평온을 확인하며 안도하는 내가, 그리고 세상이 그저 야속하기만 한 밤이었다.

며칠이 지나 아이는 백일을 맞았다. 케이크와 꽃 몇 가지, 그리고 감사와 축하의 메시지가 담긴 벽에 붙일 장식을 주문하며 자꾸만 어딘가에 미안한 마음이 들었다. 4월을 간신히 넘기고 5월의 맞이하는 세상은 여전히 슬프기만 한데 잘 자란 아이를 마냥 기뻐하고 감사하기만 해도 되는지 하고 말이다.

가슴이 무너지는 이 얘기 앞에 내가 지금 미혼이고 아이가 없었다면 또 어떤 마음으로 소식을 접했을까 가만히 짐작해 보기도 했지만, 감히 그 마음을 다 말할 수 없었다. 어떤 자리에 어떤 사람의 모습으로 있었대도 우리가 모두 함께 무너져 내릴 수밖에 없는 소식이었으니 말이다. 그런데도 아이들만큼이나 밟힌 마음은 자신의 목숨보다 귀하게 여긴 아이들을 잃은 부모의 심정이었다. 하루가 다르게 발달하는 아이를 보며 난 이리도 가슴이 뛰는데 이토록 소중한 아이를 잃은 부모의 마음은 어떠할까 생각하면 마음이 진정되지 않았다. 그들에게도 모든 처음의 순간이 있었을 테고 마냥 기쁘기만 했겠지. 오랫동안 그 숱한 순간의 얼굴이 어른거려 자다가도 화들짝 일어나 젖은 얼굴을 닦았을 부모들을 생각하니 기쁜 순간에도 자꾸 눈물이 났다.

벌써 6년의 시간이 흘렀다. 그로부터 우린 얼마나 걸어왔을까. 여전히 그 슬픔 가운데 선 사람들을 두고. 지금의 난 아이와 함께하는 모든 순간에 거리낌 없이 그저 웃는다. 아프고 미안한 마음이야 까맣게 잊고서. 며칠 전 아이가 배를 타고 싶다고 했다. 느리게 바다를 항해하는 커다란 배. 일상 저편에 묻어둔 그때의 아이들이 떠올라 저릿했는데 아이에게는 고개를 가로저었다. 비단 그뿐이 아닐 것이다. 우리 사이에 도사리는 위험은 남은 아이들을 무탈하게 키우기 위해선 자꾸만 그때의 일들을 떠올려야 한다. 무책임하고 무관심한 어른이 되지 않기 위해.

아들과 딸

동네에는 아이가 '꼬마 기차'라고 부르는 조그만 경전철이 다닌다. 두 량이 전부인 전철은 어쩐지 놀이 공원의 모노레일을 탄 기분이 든다. 아이도 나도 일부러 이 전철을 타려고 애먼 길을 돌아간다.

날이 좋은 어느 여름날 하원하고 산책할 요량으로 경전철을 탔다. 두어 개 역을 지나자 할머니들께서 전철에 올라 타셨다. 아이와 나란히 앉았다가 일어나 할머니 한 분께 자리를 내어드렸더니 아이가 전철이 떠나가라 "우리 엄마 자리예요!"라고 소리지르며 울었다. 워낙 작은 찻간이라 사람들의 이목은 순식간에 집중됐다. 어쩔 줄 몰라 난처해하면서도 우는 아이를 달래느라 정신이 없었다. 근처에 앉아 계시던 할머니들께서 입을 모아 "효녀 났네."라며 "첫 애여?" 하고 물으셨다. 어른들께서 아이가 동생이 없어 양보를 모른다거나 엄마밖에 모른다고 훈수하진 않을까 걱정됐지만, "그렇다."고 어색하게 웃으며 대답했다. 그 할머니께서는 갑자기 "잘했다!" 하시며 호탕하게 웃으셨다. 그러면서 요즘은 이래서 딸을 낳아야 한다며 엄마 생각하는 건 역시 딸밖에 없다고 하자 전철 안은 갑자기 할머니들의 토론 공간이 돼버렸다. 당신들의 딸 자랑과 손녀 자랑이 이어졌다. 그사이 우린 목적지에 도착해 훌쩍이는 아이와 함께 인사하며 도망치듯 내렸다.

실은 아이가 본격적으로 말하기 시작하면서 이래서 딸 키우는 재미가 있는 거구나 싶었다. 어쩔 땐 말이 너무 많아 이녀석이 말로 나를 잡는 날이 오겠구나 싶을 만큼 혼이 쏙 빠졌다. 그 와중에 마음이 쿵 하고 내려앉게 갖은 애교를 부리거나 생각하지 못한 예쁜 말 대잔치를 하는 날엔 고단한 육아가 모두 인정받는 느낌이었다.

어렴풋이 아들을 낳고 싶다고 그려보기도 했다. 여중과 여고, 그리고 여대를 나온 나로선 남자들의 세계에는 까막눈이었다. 그래서 동경이 있었을까. 어릴 적부터 오빠나 남동생이 하나 있었으면 좋겠다고 간절히 바랐던 터인지 순해빠진 아들 녀석이 하나 있으면 좋겠다고 생각했다. 아이가 딸인 걸 안 후 그 모든 바람이 언제 있기나 했는지 싶게 그저 딸이 좋았다. 함께할 수 있는 것들을 머릿속에 그리고 세상에서 가장 좋은 친구가 될 수 있을 거란 자신감이 생겼다.

오랜 시간이 지나지 않아 바람은 현실이 됐다. 내가 헤어 롤을 이용해 앞머리를 동그랗게 마는 아침에 입을 헤벌리고 보다가 "엄마, 나도 여기 좀 말아줘 봐." 하며 가느다란 머리칼을 맡긴다. 저녁상을 물린 뒤 조막 만한 얼굴에 아동용으로 나온 팩을 붙여주고는 나도 같이 팩을 붙인 채 나란히 누우면 말도 못하게 기분이 좋다. 뭣보다 좋은 건 함께 목욕탕의 온탕에 끌어안고 들어갈 때다. 조잘조잘 떠드는 입을 가만히 보고 있을 땐 짜릿하게 좋다.

아들 가진 엄마라고 해서 이런 것들을 못한다는 법은 없지만, 그래도 딸이기에 할 수 있는 것들을 떠올릴 때 새삼 이 녀석이 외로운 내 삶에 훅 하고 들어온 선물 같다. 아들 가진 엄마들은 또 아들이라서 느낄 수 있는 재미들이 있을 것이다. 그 아들이 커가면서 느끼는 든든함이나 묵직함에 또 가슴이 저릿하게 좋을 것이다.

뭣이면 어떠랴. 자기만의 자리에서 감사할 이유는 곱씹어보면 셀 수 없이 많다. 난 벌써 이리도 좋은 내 친구가 어느 날 남자 친구가 생겨 그 녀석과 데이트하러 나간다며 엄마는 뒷전인 날이 올까 봐 두렵다. 딸 가진 내 마음이 이런데 아들 가진 엄마 마음은 오죽할까. 그래도 그 마음이 영 허전하고 두렵지만은 않은 건 이 조그만 아이에게서 아주 귀여운 떡잎이 보이기 때문이다. 벌써부터 엄마를 이렇게 살뜰히 챙기는 녀석인데 그 마음이 쉬이 어디 달아나진 않을 것이다.

사람들이 딸 가진 재미를 얘기할 때 가장 많이 하는 것이 수다다. 쉴 새 없이 조잘거리고 종알거리는 게 얼마나 좋으냐는 것. 그런데 아들이든 딸이든 부모의 역할에 따라 아이는 오랫동안 입을 닫을 수도 있고 내내 시끄러울 정도로 귓전에 종알대는 수다쟁이가 될 수도 있다. 지금처럼 엄마와 딸이자 세상에서 가장 좋은 친구로 늙어가기 위해선 아이의 얘기에 귀를 기울일 수 있을 때 더 많이 들어주고 끄덕여야지 싶다. 오래도록 귀여운 딸과 재미있게 살려면 말이다.

안부를 전하는 마음

이십 대 초엔 관계에 아등바등하며 살았다. 되도록 많은 친구를 사귀고 싶었고 모든 사람에게 좋은 사람이고 싶었으며 왁자지껄한 청춘이 괜한 훈장처럼 느껴졌다. 하지만 사람의 마음은 뜻대로 되지 않을 때도 더러 있다는 것을 깨달았을 즈음 모든 관계로부터 한 발 물러나고 보는 사람이 됐다. 선뜻 메시지를 보내 누구에게라도 안부를 묻고 좋은 사람으로 기억되고 싶다는 욕심을 줄이고 나 자신에게 집중하면서 누군가와 정기적으로 연락하는 일에 좀 둔감한 사람이 됐다. 외딴 섬이 됐지만, 덕분에 진짜 내 사람을 가늠할 수 있는 계기가 되기도 했다.

아이를 낳고 나서도 여전히 안부를 묻는 일엔 소극적이고 게으르다. 그런데도 꼭 해마다 잊지 않고 때마다 안부를 묻는 이들이 있다. 그건 아이의 지난 선생들이다. 기껏 해야 어린이집 1년에 유치원 1년 다닌 게 전부이니 다섯 명도 채 되지 않지만, 닿는 데까지는 아이의 안부를 전하고 이리도 잘 키울 수 있는 데 힘을 보태준 것에 감사를 전한다.

내 첫 스승은 미술 학원 선생이었다. 성함은 잘 기억나지 않는다. 성격이 다른 자매였던 두 선생은 내게 정말 좋은 선생이자 오랜 이웃이었다. 같은 동네이긴 했지만, 우리가 엎어지면 코 닿을 거리에서 조금 먼 곳으로 이사했을 때까지도 두 선생은 종종 우리 집에 놀러오셨다. 그때의 반가움이 또 나를 학생이 아닌 친조카처럼 생각한 마음이 어린 마음이었는데도 고스란히 전해진 듯해 아직도 그때의 장면들이 깨진 파편처럼 조각조각 기억난다. 딱 지금 내 아이와 같은 무렵이다. 진한 눈썹에 커다란 눈매를 가진 김보경 선생님도 기억난다. 아이였던 내 눈에는 그야말로 천사처럼 보였던 선생이 우리 집에 가정 방문을 오셨던 날도 어렴풋이 기억난다.

아이 또한 꽤 오랜 시간이 지나 지금의 선생들을 나처럼 어렴풋이 기억하겠지. 성함은 기억나지 않지만, 아이에게 했던 말이나 행동 같은 것이 될 수도 있고 따뜻한 표정일 수도 있을 것이다. 되도록 꽤 오래 그 사이를 이어주는 가교 역할을 해주고 싶다. 아이가 자신을 가르치고 보살펴준 고마운 이들을 기억할 수 있게 말이다.

아이의 첫 유치원으로 점쳐둔 곳은 연이 닿지 않아 한 달을 다 채우지 못하고 다른 곳으로 이사해야 했다. 당시 난 아이의 첫 유치원을 고르려고 여러 군데 설명회를 다니며 분

주히 시간을 보냈고 꽤 오랜 시간 고심했다. 그러던 중 마음을 잡아끈 그 유치원은 최신 시설을 자랑하는 곳도, 눈에 띄는 특성화 교육을 내세우는 곳도 아니었다. 음악이든 미술이든 고전의 소중함을 아이들에게 일깨워주고 생활 습관을 바로잡는 데 더 많은 공을 들인다는 원장께서 마이크를 잡고 꽤 오래 오늘날 부모의 역할에 관한 것들을 강조했다. 어쩌면 마음 아주 깊숙한 곳에 있던 '엄마'의 모습과 같은 얘기였으리라. 오늘날 사교육이나 매체에 떠밀려 마음 깊은 저편으로 밀려났지만, 누군가 문득 '엄마'를 떠올리면 그리는 모습들 말이다. 아이의 말에 오래 귀를 기울이고 함께 책을 읽는 데 시간을 할애하고 TV를 끄고 눈과 귀에 고운 것들을 채워주기 위한 노력을 아끼지 않는 일들 말이다. 원장의 당부를 듣는 내내 어딘가 적어두고는 오래 꺼내보고 싶은 얘기들이 줄이어 나왔다. 인연은 짧았지만, 이번 설에도 그때 그 원장께 안부 메시지를 보냈다. 역시나 아이와 많은 시간을 함께 보내는 해가 되기를 바란다는 회신을 받았다. 아이 덕에 나도 좋은 스승을 얻은 기분이다.

아이의 세대는 우리의 세대보다 더 많은 사람을 겪고 더 빠르게 헤어지는 시대다. 그 사이 어쩌면 아이가 겪는 만남의 무게는 가벼워질지도 모를 일이다. 그럼에도 난 이런 시대에서 아이가 언제든 꺼내 보며 추억할 수 있는 그리운 얼굴 몇 명을 가슴에 담고 살았으면 좋겠다. 언제라도 생각하면 든든하고 따뜻해질 수 있는 이름들 말이다. 언제까지일지 모르겠지만, 내가 전하는 안부가 곧 아이의 마음이 되기를 바라보며 올해도 막상 내 사람들에게는 인색한 안부를 적어본다.

언젠가 네게 그 말을 하게 될까

꽤 오랫동안 산타클로스의 존재를 믿었다. 좀 부끄러워 정확한 나이는 밝히지 않겠다. 초등학생 시절에 주말이면 비디오가게에 가 영화 하나씩을 빌려왔다.

아직도 잊을 수 없는 영화가 몇 개 있다. 그중 하나가 〈34번가의 기적〉이다. 영화는 산타클로스가 스스로 자신의 진위를 입증하려고 법정에 서는 내용이다. 그중 믿는 것에 관해 영화가 던지는 메시지는 꽤 인상적이었다. 작은 꼬마 아이가 건네준 1달러엔 "In God We Trust."라고 적혔다. 판사는 의미심장한 미소를 지으며 "메리 크리스마스!…"라고 입을 뗀다. 존재하기 때문에 믿는 것이 아니라 믿기 때문에 존재하는 '신념'을 근거로 산타클로스의 존재를 인정하는 판결을 내린다. 영화를 보는 내내 산타클로스가 거짓이라면 나까지 맥이 빠져버릴 것 같아 마음을 졸였는데 꿈보다 해몽이 좋은 기막힌 판결로 산타클로스의 존재를 극적으로 인정하는 장면에서 뭉클했다. 그 장면을 여러 번 돌려봤다. 영화 속 판결에 완전히 설득된 거다.

알 만한 나이가 됐을 무렵 그러니까 더는 선물을 받을 일조차 없을 때가 돼서야 '역시나 그랬구나.'라고 생각했지만, 그게 백화점 직원이든 선생이든 엄마와 아빠여도 괜찮다는 마음으로 어딘가 존재할 산타의 힘을 무작정 믿고 싶었다. 영화 속 '신념'에 관해 얘기하는 장면이 엉덩이도 떼지 못하고 돌려볼 정도로 계속 마음에 남았기 때문이다.

해마다 크리스마스를 앞두고 아이에게 산타클로스인 것처럼 카드를 쓴다. 몇 년이 지나면 들키고 말 확연한 엄마의 글씨와 말투가 고스란하지만, 아직은 아이의 마음과 눈에는 그저 간밤에 산타가 다녀간 흔적이 분명하다.

아이가 네 살 되던 해 이사한 아파트에서는 입주 첫해를 기념해 산타 방문 이벤트를 열었다. 선착순에 한해 관리실로 선물을 가져다주면 산타클로스가 집에 방문하는 것이었다. 선착순 모집 세대가 몇 되지 않아 보자마자 늦을 새라 후다닥 내려가 신청하려니 실은 공지 후 몇 분도 되지 않아 마감됐는데 방금 딱 한 자리가 남았다며 보안 업체 직원이 반겼다. 그렇게 간발의 차로 짜릿하게 이벤트를 신청하고는 아이 몰래 선물을 준비해 포장하고 경비실에 갖다주는 사이 혹시라도 들킬세라 괜히 긴장했다. 당시 아이와 내내 붙어 있는 때라 조그만 허술하면 들키기 십상이었다. 덩치 큰 선물을 알아챌까 봐 신발장에 몰래 숨겨놓고 포장지 소리에 잠이 깰까 봐 살금살금 손을 움직이고 그렇게 포장한 선물을 들고 몰래 빠져나와 경비실에 갖다주면서 비밀스런 일을 준비하는 것처럼 괜히 마음이 뛰었다. 그러면서 아이가 어떤 표정을 지을까 자꾸 머릿속으로 그리며 정작 산타클로스를 기다리는 아이보다 더 설렌 건 어쩌면 나였을지도 모른다.

이튿날 예상하지 못한 산타의 방문에 아이는 정말이지 어리둥절한 표정을 지었다. 이윽고 건네는 선물에 얼굴이 환해졌다. 처음 만난 산타클로스의 쏟아지는 질문에 쑥스러웠는지 구름처럼 푸른 솜사탕을 먹은 탓에 새파래진 혀를 쭉 내밀며 어쩔 줄을 몰라 했다. 내년을 기약하며 산타클로스가 현관문을 열고 나서자 아이는 그제야 산타클로스가 제 마음을 어떻게 알고 선물을 두 개나 준비했느냐며 그 자리에서 토끼처럼 발을 굴렀다. 그렇게 시시각각 변하는 아이의 표정을 눈에 담으며 구김 없는 아이의 이 얼굴을 오래 지켜주고 싶다고 생각했다.

요즘 아이들은 워낙 빠른 구석이 있어 나 어릴 적처럼 속아넘는 유통기한이 길지 않다. 길게 봐서 5년 남았을까 생각한다. 내 입으로 '실은 지난 시간 산타클로스는 엄마였어.' 하고 말할 리는 없다. 그런데도 어떻게든 알게 되겠지. 내가 그랬듯 말이다. 하지만 이 모든 게 다 '보이지 않는 것'이었다는 걸 알게 된대도 아이의 마음에는 오랫동안 보이지 않는 것을 어렴풋 그려볼 수 있는 순수가 남으면 좋겠다. 많은 일상 중 하루라는 걸 알면서도 코끝이 시려올 땐 손꼽아 크리스마스를 기다리고 작은 한 그루 나무라도 장식해 불을 밝혀두고 누군가의 산타클로스가 되기도 하고 또 그런 이를 기다리기도 하면서 일상의 특별함을 놓치지 않는 사람으로 자랐으면 좋겠다.

'신념'은 뭔가를 부정하기보단 긍정하는 일에 가깝다. 난 아이의 마음이 그게 뭐든 긍정하는 쪽으로 흐르기를 바란다. 정말이지 그 모든 게 다 부질없는 장난 같은 것일지라도 날아드는 나뭇잎을 붙잡는 마음의 힘이 어쩌면 좋은 일이 깃드는 진짜 시작이 될 수도 있을 테니 말이다.

소원 카드에 무지개 드레스를 적어 보낸 아이를 위해 일주일 내내 드레스, 무지개 드레스, 여아 드레스, 반짝이 드레스를 검색하며 시간을 보냈다. 올해는 유치원으로 찾아온 산타클로스를 만나고 온 아이가 집에 돌아오는 길에 입이 귀에 걸렸다. "엄마, 내가 말한 게 이거야!" 선물을 뜯자마자 탄성을 지르는 아이가 며칠째 콧노래를 부르며 벌써부터 내년 선물을 기대한다.

오늘 난 맘충이가 됐다

아이에게 호랑이 엄마가 되겠다고 선언한 세 가지 기준이 있다. 식사 예절을 지키지 않을 때, 위험한 행동을 할 때, 그리고 타인에게 피해주는 행동을 할 때다.

아이와 대중교통을 이용하는 날이 많다. 언어로 의사소통을 할 수 있는 월령부터 아이에게 입버릇처럼 "남에게 피해주면 안 되겠지."라고 말했다. 세 살도 채 되지 않은 아이에게 가당키나 한 말인가 싶지만, 세상 모든 사람이 어린 아이에게 관대한 사회가 아닌 만큼 이 세상 어디 가서 남한테 싫은 소리 듣게 할 바에야 가르치고 습관이 되게 해야 한다고 생각했다.

'맘충이'라는 단어를 처음 들었을 때 쿵 하고 떨어진 마음을 기억한다. 내가 한창 전투 육아에 열을 다하던 때였다. 어둠 속에 불을 밝힌 휴대 전화로 보는 기사에는 조그마한 사진 한 장이 함께 게재됐다. 고풍스런 푸른 빛 카페 문에는 눈에 띄게 "NO KIDS ZONE!"이라는 문구가 있었다. 기사에는 곳곳에서 목격한 몇몇 엄마의 이기심이 엿보이는 일화 서 넛이 소개됐다. 읽어보니 한편으로 고개가 끄덕여지기도 했 지만, 그 불편한 단어가 계속해 서걱거렸던 건 같은 또래 아 이를 키우는 엄마로서 어쩔 수 없었다.

언젠가부터 우리 사회에는 '맘충이'라는 단어가 생겨났고 이젠 그 단어가 우리 사회에 너무 익숙한 단어로 자리 잡 아 앞뒤 안 따지고 내 아이만 생각한 채 눈살 찌푸릴 행동 을 하는 엄마들에게 가차 없이 붙는 꼬리표가 됐다. 나 또 한 아이를 데리고 주로 아이와 엄마들이 모이는 곳에 가다 보니 '저건 아니지.' 하는 행동을 이따금 목격한다. 그런데도 누군가 이 불편한 단어를 툭 하고 내뱉으면 난 언제든 '엄 마'된 이의 편에 설 것이다.

훌훌 혼자인 몸일 때야 작정하지 않은 이상 누군가에게 싫 은 소리 들을 만큼 민폐를 끼칠 일이 없다. 하지만 아이를 안고 있을 땐 얘기가 다르다. 하루가 다르게 자아가 자라는 아이는 어디로 튈지 모르고 아이의 안위 앞에 계산할 수 있 는 것은 그리 많지 않다. 아니 아마 그 뭣도 아이보다 앞선 것은 없다고 봐야 할 것이다. 그러다 보면 어느새 엄마의 체 면은 온데간데없고 아이 뒷전에 오는 것들에 실수를 연발하 거나 누군가에게 머리를 조아리며 미안하다는 말을 쏟아내 야 하는 순간이 뜻하지 않게 온다.

나도 그랬다. 뜻하지 않은 순간 뒤통수가 서늘했고 집으로 오는 내내 입안에 자갈 굴러다니듯 마음이 불편했다. 해는 뜨거웠지만, 바람이 좋아 어디라도 아이와 함께 가기 좋은 초여름이었다. 서울 시내 여기저기는 짧은 계절을 만끽이라도 하듯 축제가 한창이었고 미리 예약한 공연 하나를 보러 나갔다 아이와 나도 그 축제의 무리에 기꺼이 몸을 섞었다. 작은 음악 축제였는데 궁을 중심으로 주변 공원 여기저기서 국악을 모티프로 한 공연이 릴레이 형식으로 진행됐다.

아이와 난 밀폐된 가옥이나 시야가 좁은 궁보단 활동이 자유로운 공원에서의 공연을 보는 것으로 택했다. 아이와 함께하는 일상이 늘 그렇지만, 특히나 아이와 생소한 국악 공연을 본다는 건 예상하지 못한 경우를 계산해야 한다. 걱정 반 설렘 반으로 자리에 앉자 순서를 앞둔 연주자가 나와 편안히 음악을 즐기라고 다독였다. 먹을거리도 나눠 먹고, 흥에 겨우면 몸을 들썩이거나 춤춰도 좋고, 편안히 누워 눈을 감아도 괜찮다고 하니 잘 찾아왔다고 싶어 걱정이 조금 덜어졌다. 역시나 아이는 기대와 달리 금세 엉덩이를 털고 일어나 함께 온 친구와 강아지풀 뽑기에 재미를 붙였다. 아이들의 놀이는 공연이 중반부로 향하면서 장단에 맞춰 몸짓과 빠르기를 더해갔다. 누가 먼저랄 것 없이 아이들은 몸을 크게 썼고 깔깔 웃으며 자신들만의 방식으로 음악을 즐겼다. 형식이 자유롭고 개방된 공원 공연이니만큼 나 또한 그런 아이들의 모습에 경각심이 없었고 도리어 오후 5시의 부서지는 햇살 아래 반짝이는 아이들의 웃음이 그저 함함하게만 보였다. 한 팀의 연주가 일단락되고 생동하는 아이들의 소리에 들썩이는 가락이 더해지니 '이보다 좋은 공연이 없네. 오늘도 좋았다.'라고 생각하며 걸음을 옮기려던 찰나 누군가가 톡톡 하고 어깨를 두드렸다. 이십 대 초반쯤 보이는 딸과 함께 온 중년 여성이었다. 그도 한때 다섯 살 아이를 키웠을 누군가의 어머니다. 중년 여성은 잔뜩 주름진 미간을 한 번 더 씰룩이며 쏘아붙였다. "저기요. 지금 여기 공연장인데 너무한 거 아니에요? 애들이 이렇게 떠들면 주의를 줘야지. 그걸 보고 같이 웃고 있어요?" 창피한 와중에도 아이가 알아채기 전에 수습하고 싶어 두말하지 않고 고개를 꾸벅 숙이며 사과했다. "죄송합니다." 내 사과를 듣기나 한 걸까. 휙 하고 돌아서는 중년 여성을 뒤로하고 집에 오면서 "늦게 오셔서 듣지 못했나 보네요. 이 공연의 취지가 자유로이 즐기고 관객이 함께하는 거예요."라고 맞받아치지 못한 게 어찌나 서럽던지. 맥없이 이른바 '맘충이'가 된 게 속상해 집에 오는 내내 지쳐 잠든 아이의 이마만 연신 쓸어 댔다.

세상이 아이에게 무작정 관대할 이유는 없다. 복작이며 사는 세상 속에서 조금 덜 부딪히고 자신의 영역을 방해받고 싶지 않은 건 누구나의 마음일 테니 말이다. 그렇다고 어른들만 사는 세상이라고 해서 그 영역이 완벽하게 보호받을 수 있는 걸까. 살다 보면 때론 아이보다 무례한 어른을 만나는 일이 더 많고 내 아이 챙기기에 급급한 엄마들보다 이기적인 어른들의 모습을 볼 때가 더 많다. 어쩌면 오늘의 날선 말과 글들이 작고 보잘것없는 미물에 빗댄 '충'이란 말로 아이와 여자, 결코 큰 목소리를 낼 수 없는 약자들을 몰아붙이는 건 아닌지 가만히 물어본다. 그렇다고 무작정 덮어두고 카페 테이블에 버젓이 아이 똥 기저귀를 둘둘 말아 놓고 나오는 이들, 식당에서 무리하게 어린이 메뉴를 요구하는 이들의 편에 서는 건 아니다. 꼭 아이와 함께하지 않더라도 상식이 통하지 않는 사람이라면 누구라도 따끔하게 나서서 꼬집어줘야 한다. 그 불편한 단어의 무게가 가벼워져 어린 아이를 동반했다는 이유만으로 한낱 미물이 되거나 'NO!'라고 문전박대 당하는 일은 조금 줄어들기를 바란다. 우리도 한땐 모두 그렇게 실수투성이에 소리와 몸을 미처 조절할 수 없던 조그만 아이에서 시작됐으니 말이다.

이유야 어떻든 육아 전선에서 오늘도 아이가 어디로 튈지 몰라 마음을 졸이는 엄마의 항변에 불과하다면 어쩔 수 없다. 엄마로 살아간다는 건 아이를 위해 감수해야 할 것 여럿을 늘 안고 살아야 하는 일인데 그중 하나라고 생각한다. 오늘도 공공장소에 들어가기 전 성실히 아이와 새끼손가락을 걸며 아이가 지키지 못할 수 있는 약속들을 받아낸다. 이따금 터지는 소리에 황급히 아이의 입을 막고 아이 앞에 쏟아지는 눈총들에 방아 찧듯 고개를 숙이며 사과한다. 어느새 이 정글의 아이 조그만 모글리도 인간이 돼 사회의 제도와 규칙 속에 소리 없이 섞이는 방법을 배울 것이다.

이웃사촌

어느새 결혼 전에 새침하고 타인과 경계가 분명했던 아가씨의 모습은 온데간데없고 낯선 이들의 말을 헤벌쭉 받는 영락없는 아줌마가 됐다. 불쑥 건네는 말들 앞에 허허 하고 웃기도 잘하고 아이의 소소한 것들을 자랑 삼아 타인에게 툭 하고 던질 수 있는 사람 말이다.

5년 동안 아이를 통해 담금질되면서 내 이름 두 자보다 '은우 엄마'로 사는 날이 더 많았고 말과 행동도 사뭇 다르게 변했다. 요즘 아이는 유치원에서 하원하자마자 집으로 곧장 가지 않고 동네 한 바퀴를 도는 일에 바쁘다.

제1코스는 아이가 다니는 유치원 1층에 자리한 꽃집이다. 얼굴이 예쁘장한 꽃집 이모는 아이를 '이쁜이!'라고 부른다. 그 소리가 좋아 그런지 활짝 열어놓은 꽃집 문 앞에 서서 "이모!" 하고 크게 부르고는 내 손을 끌어 잠시 쉬었다 가자고 하는 날이 부지기수다. 또 몇 발자국을 채 가지 못하고 바로 옆집인 생선구이집 앞에 망부석처럼 서서는 수족관 속

물고기를 구경하는 데 열을 올리기도 한다. 가게 아줌마와 아저씨께서는 처음에는 그런 아이가 재밌고 귀여워 물끄러미 보시며 말없이 쿡쿡 하고 웃더니 이젠 "또 왔어?" 하며 먼저 아는 체를 한다. 집으로 오는 길엔 작고 예쁜 그릇 몇 개를 내놓고 파는 식당이 있다. 몇 달 전 봄바람에 마음이 동해 거기서 그릇을 좀 샀더니 이젠 번번이 사지도 않을 그릇을 구경하자며 가게 안을 기웃거린다. 식당 아줌마가 아이를 알아보고 "유치원 다녀왔어?" 하고 물으면 기다렸다는 듯 아이는 유치원에서 배운 것들을 종알종알 얘기하거나 그날 만든 공작품을 꺼내 보이며 숨이 넘어가는 소리로 자랑한다. 실은 그릇을 보고 싶었던 게 아니라 저 예쁘다고 맞아주는 아줌마 얼굴을 한 번 더 보고 싶었던 것이다.

아이의 동네 마실은 여기서 그치지 않는다. 집 앞 꽃집엔 왕관앵무새 둘과 사랑앵무새 하나를 키운다. 이름이 낙원이와 사랑이, 그리고 얼마 전 새로 온 작은 아기 새 하나가 땅이다. 밤낮없이 그 친구들 보러 가자고 손을 끄는 탓에 미안한 마음이 한 가득인데 늘 반겨주며 작은 아기 새 땅이를 아이의 손과 어깨에 올려준다. 그게 고마워 장을 보고 오는 길에 들러 이따금 과자나 과일을 전한다. 집 앞 조그만 슈퍼마켓 아줌마는 아이가 갈 때마다 사탕이며 초콜릿을 쥐어주고 유통기한이 임박한 두부나 식재료를 봉지 속에 같이 넣어주기도 한다. "오늘 이쁜이 저녁으로 해주세요!" 하면서 말이다. 다 아이 덕분에 받는 마음들이다.

이곳으로 이사 온 지 6개월째다. 꽤 오랜 시간 학창 시절을 보낸 곳이었는데도 낯설고 아이가 빠져 나간 시간은 이따금 외로웠다. 그런데도 이 동네가 삽시간에 좋아진 건 다 아이가 맺어준 이런 소중한 인연들 덕분이다.

내가 아이만 한 아이였을 때도 그랬다. 그때야 아파트가 어디 있었겠는가. 내가 살던 집은 작은 마당을 사이에 두고 세 집이 미닫이문만 드르륵 열면 서로 숟가락 개수까지 셀 수 있던 집이었다. 말 그대로 세 가정이 엎어지면 코가 닿을 정도로 가까웠다. 너무 어렸을 때라 선명하게 기억나지 않지만, 빛바랜 사진처럼 이따금 조각조각 찾아오는 장면들 속에 옆집 오빠들과 놀거나 주인집에서 운영하는 작은 약국에 앉아 지금의 아이처럼 종알종알 얘기를 늘어놓거나 인형 놀이를 했다. 이뿐 아니다. 다 기억하지 못하는 시간 속 엄마의 얘기에 따르면 다섯 살 코흘리개가 없어져 찾아보면 이웃 콩나물집에 있고, 또 어느 날 없어져 찾으면 동네 슈퍼마켓 이모랑 놀고 있었단다. 그렇게 따뜻한 마음들 속에서 내 어린 시절을 보냈다.

요즘은 시절이 하 수상해 예전같이 마을이라는 공동체 속에서 자유롭게 아이를 키울 수 없지만, 마음을 조금 열고 아이의 손에 내 손을 맡긴 채 그 순수한 발길에 이끌리다 보니 어느새 어른인 내 생각보다 다정한 이웃이 꽤 많이 생겨났다. 각박한 시대에서도 내 아이에게 기꺼이 마음과 문을 열어주는 이들이 있다는 게 얼마나 고마운 일인지 모른다. 지금보다 더 좋은 어른이 되겠다고 다짐한다. 장바구니 속 과일 한 알을 선뜻 내주기도 하고 엘리베이터에서 만나는 이웃들에게 아이의 머리를 붙들고 먼저 고개 숙여 인사하기도 한다. 아파트 미화를 담당하는 아줌마에게 음료수 한 캔을 건네기도 하고 동네 꼬마들에게 아이 몫으로 남겨둔 사탕이나 젤리를 나눠주기도 한다. 다 내 아이가 조금 더 따뜻한 세상에서 살았으면 하는 마음으로 하는 일들이다.

TV 프로그램에서 두 아이를 키우는 유명 아나운서의 인터뷰를 봤다. 그 역시 아이를 낳기 전에는 혼자만의 시간이 소중했고 지금처럼 친구도 많지 않았다고 고백했다. 아이를 낳고 보니 아이는 나와 조금 다르게 살았으면 좋겠다는 생각이 들었다고 한다. 아이가 더 많은 사람 속에서 더 많이 어울리고 경계 없이 살기를 바라는 마음 때문에 아이를 동반한 또래 엄마들의 모임을 만들기 시작했다는 TV 속 그는 환하게 웃으며 수다스러운 목소리로 아이 친구들만큼이나 많아진 자신의 친구들을 자랑했다. 아이를 키우는 동안 나도 아이를 매개로 많은 사람을 알게 됐고 개중에는 든든한 내편도 여럿 생겼다. 유명 아나운서의 마음처럼 바라건대

나 역시 아이가 되도록이면 많은 사람 속에서 다정한 일상을 살았으면 한다. 지금 곱고 순수한 마음처럼 말이다.

아이의 하원 시간이 얼마 남지 않았다. 오늘도 내 옷깃을 끌어 열린 이웃 가게 문들을 두드리겠지. 앞서 걸으며 동네 동물 친구들 다 만나자고 하겠지. 이웃들에게 모두 나보단 아이가 반가운 손님일 테지만, 오늘은 나도 무슨 말이든 먼저 툭 하고 건네야겠다. 그러니까 지난밤 쏟아지는 빗속에 다들 무탈하셨는지 안부를 물어야겠다. 아이 덕분에 내 세계가 조금씩 넓어졌다. 좀 더 유연하고 다정한 사람으로.

착한 거 별로야

대학 입학 전까지 말을 제법 잘 듣는 딸이었다. 제 속은 있었지만, 드러내지 않았고 그저 네네 하며 잘 따르려고 노력했다. 다시 말해 부모 무서운 줄을 아는 아이였다. 엄마는 사람들 앞에 나를 내세울 때마다 "착하다."는 말을 입버릇처럼 하셨다. 그 말을 들을 때마다 정말로 그들 앞에 착한 아이를 연기해야 할 것 같은 의무감에 빠졌다. 잘 웃고 어른들 말에 넙죽넙죽 대답도 잘하고, 내 생각은 되도록이면 숨겼다. 그 모든 것이 버거운 순간부터 그냥 하고 싶은 대로 다하는 녀석이 되고 말았지만, 아직도 어디 가면 착한 사람이 되고 싶어 안달이다. 실은 그런 내가 이따금 꼴 보기 싫게 답답하다.

사람 중에는 또박또박 어디서든 자신의 의견을 잘 얘기하는 사람이 있다. 입바른 소리도 잘하고 권리 주장에도 능하다. 욕을 좀 먹을지언정 속앓이를 하는 일은 없겠다 싶은 사람들이다. 그들도 나름의 고충이 있겠지만, 적어도 물러빠진 성격을 어쩌지 못하는 나로서는 그렇다.

어중간하게 착한 게 제일 문제라는 얘기를 어디선가 들었다. 어쩌면 내가 딱 그런 사람일지도 모르겠다. 내 속이 부글부글 끓는데 그걸 다 내뱉지 못하고 어중간하게 착한 사람 행세를 하다가 속병이 날 듯한 날엔 나 자신이 제일 후지게 느껴진다.

착한 사람의 딜레마에 빠져 시도 때도 없이 허우적대는데도 다 떨치지 못하고 나도 모르게 아이에게 '착한 아이'의 굴레를 씌우려고 한다. 나도 엄마처럼 아이를 앞세우는 날엔 "착해서요." 하는 거다. 나도 모르게 튀어나오는 말이다. 다짐은 '착한 건 나중으로 하자.'인데 무리 가운데 있을 때면 양보와 순응과 나눔을 강조하고 만다. 그렇다고 아이를 저만 아는 독불 장군으로 키울 순 없는 노릇이니 말이다.

아이는 나보다 나은 구석이 있어 어쩌면 내가 가르치지 않아도 기대 이상으로 잘하는 중일지도 모르겠다고 느낀다. 어린이집에 막 가기 시작했을 때 아이는 한동안 특정 친구와 자주 다퉜다. 숨김없이 미주알고주알 부푼 양 볼에서 알밤 꺼내듯 있었던 일들을 꺼내는 아이에게 그런 얘기를 듣는 날이면 마음이 복잡했다. 그 무렵 아이의 선생도 그 부분을 인지하고 알림장에 적어 두 아이의 잦은 다툼에 관해 알려줬다. 고민하던 차에 상대 아이의 엄마를 우연히 만났다. 아이들의 다툼은 차치하고 밝고 칭찬에 인색하지 않은 사람이라 언니라고 부르며 따랐다. 먼저 말을 꺼내온 건 건너 편이었다. 미안하다는 말과 함께 다툼 가운데 종종 서로 때리기도 하는 모양이라는 말을 듣고는 그저 투닥거리는 정도였는데 아니었구나를 알게 됐다. 복잡한 마음이 더해져 선생께 넌지시 물으니 선생은 환희 웃으며 "걱정 마세요. 어머니, 둘이 좀 싸우고 은우가 맞기도 하고 그러는데 은우가 지지는 않아요."라고 말하는 게 아닌가. 난 혹시라도 우리 아이가 상대 아이를 때린 적은 없는지 확인해야 할 것 같아 물은 거였는데 다행히 아이가 친구를 때린 적은 없다고 했다. '때리지는 않는데 지지 않는 건 뭘까.' 웃음이 나왔다. 평소 나와 다른 강단을 자랑하는 녀석이었기에 야무진 줄은 알고 있었지만, 짐작컨대 좀 웃기는 고집을 부리거나 저 잘하는 말로 일침을 놓을 것이 머릿속에 그려졌다.

시간이 지나면서 친구와 다투는 게 줄었고 또 다른 친구와 이따금 다투고 괜한 몽니를 부리는 걸 발견할 때도 있지만, 그렇게 조금씩 사회를 배우는 걸 눈으로 확인할 수 있었다. 사회적 인간이 다 됐나 싶다가도 이따금 고집을 부리고 괜히 심통을 부린다. 그래도 아이가 마냥 착한 거보단 반가운 거라고 생각한다. 왜냐하면 내가 마냥 착하기만 한 게 얼마나 손해 보는 일인지 익히 경험했기 때문이다.

착하지 않되 아이의 마음은 선하기를 바라고 고집은 있되 자신의 가치를 무너트리지 않는 것들 앞에선 적당히 후할 줄 아는 사람이 됐으면 좋겠다. 막상 내가 살아보니 그렇게 멋있는 사람이 된다는 게 얼마나 어려운 일인 줄 알지만, 적어도 내 딸은 그렇게 근사한 사람이었으면 좋겠다. 마냥 착하다고 해서 좋은 사람이 될 수 있는 건 아니다. 그런데도 정의롭고 선한 사람들은 언제든 칭찬받아 마땅하다. 내 숙제는 거기에 있다고 생각한다. 마냥 다 퍼주고 실속 없는 착한 사람이기보단 줘야 할 때와 거둬야 할 때를 마땅히 구분할 수 있는 사람이 되게 하는 것. 아이는 마냥 착하기보다 선한 영향력이 있는 사람이기를 간절히 바란다. 그게 얼마나 현실성 없는 바람인 줄 알면서도 말이다. 인생에서 가장 중하고 무거운 숙제다.

칭찬 스티커란

십 원짜리 동전의 가장자리가 까매질 때까지 포도송이 오십 개를 열 맞추고는 냉장고에 붙여두고 저녁마다 한두 개씩 열심히 색칠한 게 어렴풋이 기억난다. 동네에는 아주 작은 서점 하나가 있었다. 포도송이 오십 개를 다 칠한 날엔 아빠와 그곳에 가 책을 샀다. 명랑 소설을 사기도 했고 좋은 글귀가 빼곡한 어른 에세이를 사겠다는 날도 있었다. 그러고는 동네 경양식집에 가 돈가스를 먹었다. 당시 난 너무 어렸고 두서없는 독서 취향을 갖고 있어 그때 산 책들을 다 기억할 수는 없지만, '아름다운 사람들'이라는 경양식집에서 마요네즈가 범벅된 마카로니를 씹으며 행복하다고 느낀 마음만큼은 생생하다.

집으로 돌아가면 다시 포도송이를 그리게 될까 혼자 고민했다. 사실 마카로니를 씹을 때의 행복보다 마음이 더 벅차오르는 순간은 칠하지 않은 포도송이가 두어 개 남았을 때였다. 분명한 고지, 완벽한 보랏빛의 알알이 포도가 목전에 보일 때 말이다.

아이를 키우는 엄마들이라면 누구나 한 번쯤 해보지 않았을까. 약속한 스티커의 개수를 채워 나가며 엄마는 아이의 생활 습관을 교정하고자 하는 목적을 이루고 아이는 꿈에 그리던 장난감을 갖게 되는 나름의 윈윈 전략.

나도 아이와 칭찬 스티커 채우기를 여러 번 해봤다. 이런 결심은 고비의 순간에 하게 된다. "너 어쩜 이렇게 말을 안 듣니?" 부글부글 임계점에 다다를 때쯤 호흡을 가다듬으며 '이래도 안 듣지는 않겠지.' 하는 마음으로 여러 번 스티커를 모았다. 스티커 붙이기 재미에 빠진 아이는 눈에 띄게 행동이 달라지기 시작했다. 밥을 먹지 않겠다고 꾀를 부리거나 하원한 후 개수대에 도시락통을 갖다 놓기를 엄마에게 슬쩍 미루고 싶은 날 아이는 내가 쓰 하고 소리만 해도 정신이 번쩍 난 사람처럼 밥을 크게 떠 입에 넣기 바쁘거나 당장 부엌으로 달려가 개수대에 도시락통을 던지듯 놓는다.

그 자리에서 즉시 스티커를 채워주는 날도 있는가 하면 자기 전 그날의 잘한 일을 꼽으며 결산하는 날도 있다. 그럴 때면 아이는 약속도 없이 스티커 개수를 어물쩍 늘린다. 배짱이 동하는 날엔 잘한 것도 없이 두 개, 세 개 많게는 네 개까지 붙여달라고 떼쓰는 날도 있다. 칭찬 스티커 좀 받겠다고 자기 전에 갑자기 뽀뽀 세례를 난데없이 할 때도 있다. 아이의 속이 빤히 보여 웃음이 삐져나오는 순간들이다. 그렇다고 웃음기를 들키면 안 된다. 까딱 하면 이 녀석에게 말려들고 마는 거다. 그때마다 정신을 바짝 차리며 아이와 씨름하고 협상하고 때론 규칙을 재정비하며 스티커 한 장 한 장을 채워나갔다. 얼마 전 그렇게 보름 남짓 동안 마흔 개 스티커판을 완성했다.

아이를 위해 뭔가를 준비했다가 짠 하고 보여줄 때 보게 되는 표정이 좋아 스티커 두 장이 남았을 무렵 아이가 유치원에 간 사이 몰래 아이가 원하던 장난감을 하나 사다 놓는다. 그러면 마음이 급해진 건 오히려 나다. 아이가 하원하자마자 어떻게든 칭찬 스티커 붙일 구실을 만들어주려고 없던 심부름도 시키며 고맙다는 말을 연발하고는 남은 칭찬 스티커를 붙인 후 준비한 선물을 짠 하고 보여준다. 엄마가 이렇게 빨리 선물을 준비할 줄 몰랐던 아이는 언제 사놓았느냐, 다른 친구들(다른 모델의 장난감)도 있었느냐 등 속사포처럼 질문을 쏟아내며 내내 함박웃음으로 선물을 뜯기 바쁘다. 이 얼굴을 보려고 아이와 약속이란 걸 하고 잘한다고 북돋고 소망을 묻나 보다. 아이보다 내 마음이 더 차오르는 순간이다.

스티커 붙이기가 끝나고 이틀이 지났을 무렵 아이는 왜 스티커 붙이기 다시 안 하냐고 볼멘소리를 한다. 이틀 동안 고민한 건 아이뿐이 아니었다. 이걸 다시 해야 하나 말아야 하나 고민하는 건 나도 마찬가지였다. 스티커 붙이기 동안엔 분명한 교정 효과가 있다. 하지만 아이의 동기는 애먼 데 있다. 좋은 습관을 들이기 위해서가 아니라 목적은 스티커 하나에만 온 신경이 집중되는 거다.

아이의 양 어깨를 마주 잡고 물었다. "은우야, 엄마가 스티커 붙이기 왜 하는 거 같아?" 질문이 어렵나 보다. 고민의 빛이 역력한 아이 얼굴은 그저 "그래서 할 거예요. 말 거예요." 만 말하는 표정이다. "엄마는 은우가 멋진 사람이 됐으면 좋겠어. 그래서 어떻게 하면 멋있는 사람이 되는지 엄마가 가르쳐주고 싶은데 그건 가끔 어렵고 귀찮기도 하고 참아야 하는 것도 많아. 그래서 엄마가 귀찮고 어려운데 잘 참았다고 스티커를 선물해주는 거야. 그런데 진짜 멋있는 사람이 되려면 스티커가 없어도 엄마랑 약속한 걸 잘 지킬 수 있어야 해." 실은 나조차 이걸 어떻게 얘기해야 할지 어려워 말을 고르며 아이에게 마음을 전했다. 약속과 규칙을 배우기 전에 보상이란 걸 배울까 봐 겁이 났다. 걱정이 무색하게 의외로 아이는 쉽게 받아들였다. 난 그게 괜히 실망감을 안겨준 건 아닐까 못내 미안해 "은우가 엄마와 약속을 잘 지키면 엄마가 마음속에 칭찬 스티커를 잘 붙여뒀다가 어느 날 짠 하고 또 선물을 줄지도 몰라. 그러니까 스스로 잘해 봐." 라고 하니 아이가 그제야 웃는다. 그리고는 다시 부산을 떨며 널브러진 장난감을 주워 담고, 내 다리를 부여잡고 "엄마, 사랑해"를 연발한다.

아이는 존재만으로 칭찬의 이유다. 스티커 오십 개쯤 한 번에 쏘고, 날마다 원하는 선물을 잔뜩 안겨주며 입을 헤벌린 채 웃는 얼굴을 보고 싶은 게 모든 부모의 진짜 마음일 것이다. 그런데도 우린 규칙을 정하고 기다림과 절제를 가르친다. 아이는 그 사이에 단번에 칭찬 스티커 오십 개를 쏘는 것보다 더 큰 희열과 성취감을 맛보리라고 믿는다. 지금 우린 칭찬 스티커 휴식기다. 아이가 나와 한 약속을 잘 지켜준다는 방증이다. 조만간 "오다가 주웠어." 하며 꽃을 내미는 '츤데레' 남자 친구처럼 어느 날 갑자기 약속에도 없던 선물을 준비해야겠다. 이렇게 말해야지. "은우야, 반찬 투정을 하지 않고 스스로 밥을 먹는 요즘의 네가 정말 대견해. 놀고 난 장난감을 자기 전에 정리하는 모습도, 식사하고 나면 그릇을 옮겨주며 엄마를 돕는 것도 모두 칭찬할 만한 일이야. 그런데 그것보다 더욱 너를 칭찬하고 싶은 건 이렇게 건강하고 밝은 모습으로 잘 자라는 거야. 엄마의 딸로 태어나줘서 고마워."

하나의 시대

나 어릴 때만 해도 외동이 흔하지 않았다. 반에서 손을 들어 세면 나를 포함해 둘 정도 더 있을까 말까 했다. 대부분 아이들은 짓궂은 오빠한테 시달리거나 언니와 늘 싸우거나 자신의 것을 몽땅 가져가는 동생을 귀찮아하며 나눠 먹을 사람도, 나눠줄 사람도 없는 나를 부러워했다. 그러면서도 피는 물보다 진해 무슨 일이 생기면 대동단결하는 건 친구가 아닌 형제였다. 종일 붙어 있어도 밤이 되면 헤어짐에 아쉬워하지 않아도 되는 친구며 육탄전을 벌여도 부모가 외출한 밤에 손을 잡고 같이 어둠에 떨어줄 동지는 다름 아닌 형제였다. 그런 순간이 내게 찾아올 때 언니나 오빠 하다못해 동생마저 없다는 사실에 아쉬워 손가락을 빨았다.

내 부모도 그런 내 마음을 모르지 않았는지 어린 시절에 꽤 많은 언니, 오빠, 친구들을 만들어주려고 애쓰셨다. 개중에는 동기간처럼 지낸 사이도 있었다. 작은 다툼이라도 생기는 날 피 한 방울 섞이지 않은 오빠나 언니가 우리 반에 행차하는 날은 천군만마를 등에 업은 듯 괜히 의기양양하기도 했다. 하지만 가족이 아닌 이상 저마다의 사정이 있고 삶의 방식 또한 다르기 마련이라 어릴 때 동기간처럼 지낸 사이는 모두 뿔뿔이 흩어지고 지금은 연락조차 닿지 않는 이들도 있다. 동기간이 아닌 타인이었던 것이다.

아이를 키우는 요즘은 아이 친구 사이에서 외동을 적지 않게 볼 수 있다. 다둥이 가족만큼이나 많은 게 바로 외동 가족이다. 지금이야 느끼지 못한다고 쳐도 앞으로 아이가 겪게 될 감정들을 모르지 않아 적어도 둘 여력이 닿는다면 셋까지 낳아보는 게 희망 사항이었지만, 상황이 여의치 않았다. 아이는 내 유년 시절처럼 때론 넘치게, 때론 부족하게 혼자의 시절을 누릴 수밖에 없다.

왜인지 사람에게는 편견이란 게 있어 외동으로 자라면 자신밖에 모를 것이라는 생각을 흔히 한다. 치고 박고 터져나갈 듯 싸우는 관계 속에서 자라는 집 막내가 자신의 것을 챙기는 건 야무지고 생존력이 있다고 하는데 외동이 자신의 몫을 챙기면 이기적이라고 생각하는 편견 말이다. 그런 편견은 유년 시절 내내 내 발목을 잡았다. 엄마는 일부러 같은 것 여럿을 사 친구들 나눠주게 했고 먹을 것을 잔뜩 만들어 이웃과 나눠 먹도록 했다. 그렇게 나누다 보면 어느새 정작 내 몫은 내 입에 들어가지 못하는 날이 많았다. 그렇게 하는 게 외동의 미덕이고 생존법이었다. 자라고 보니 정작 외동의

맹점은 나누지 못하는 데 있지 않았다. 오롯이 '고독'을 짊어지는 데만 잔뜩 무게가 실렸다. 친구에게 말하는 건 어쩐지 낯이 부끄럽고 자존심이 상하는 것들, 벽 차는 소리나 배부른 하소연 같은 것들에 귀를 기울여줄 사람은 오로지 가족이었다. 그렇다고 다 큰 어른이 일일이 부모에게 내비칠 수 없는 노릇이다. 그럴 때 가장 내 핏줄이 간절했다.

주방에서 달그락거리거나 빨래라도 개려고 나만의 시간을 보내다가 문득 아이의 등을 보게 되면 괜한 눈물이 핑 하고 돌 때가 있다. 벌써부터 저 조그만 등에 고독의 무게가 천근은 앉은 듯 보이기 때문이다. 자처해 엄마가 네 친구라고 습관처럼 말하는 것 또한 이 때문이다. 이따금 아이가 나를 엄마보단 언니라고 생각해 아무 말이나 툭툭 했으면 하는 마음 때문 말이다. 그런데도 적은 가족 속에 살아갈 아이는 어느 날 무심결에 얼굴을 내미는 고독에 마음이 닳기도 할 테고 덕분에 자신만의 우물이 생기기도 할 것이다.

유려한 문장을 자랑한 적은 없었지만, 어린 시절에 글짓기 대회라면 빠지지 않고 참여했고 그 작은 시골 마을에선 덕분에 많은 상으로 앨범을 채울 수 있었다. 글짓기의 말들은 모두 그리움에서 왔다.

친구, 친척 그게 누구든 정이 들었다 이별하는 순간은 늘 어려워 할 수 있는 거라곤 문장으로 마음을 담아내는 거였다. 친척마저 모두 지방 아랫녘에 살았던 유년 시절에 방학을 빌어 한 번씩 친척들 집에 머물다 오는 날이면 찻간에서 괜한 그리움이 터져나와 하염없이 시선이 하늘을 쫓았다. 어쩌면 자꾸만 삐져나오는 눈물을 쫓기 위함이었을지도 모른다. 그러다 보면 시야에 들어오는 것이 죄다 구름이었다. 그 구름의 형상이 꼭 사람의 얼굴을 하고 있어 난 구름이 그립고 다정한 그 사람의 모습을 하고 따르는 것이라고 위안을 삼았다.

여름 방학이 끝나갈 무렵 일기에 담아 쓴 내 마음을 읽고는 아이들 일기장에 작은 그림 메모로 감상을 표하던 교생은 발자국을 남기며 걸어가는 사람의 뒷모습을 그려 넣고는 "량이는 커서 시인이 되겠네." 하며 사람과 떨어지지 못하는 마음을 짧게나마 위로하셨다. 아이가 외롭게 자랄 것이 염려돼 나 또한 해마다 방학이면 또래 친구들을 꾸려 짧은 여행을 나선다. 각기 다른 성향의 엄마들이 아이들을 대동해 가는 여행은 마냥 즐겁고 쉽지만 않다. 집집마다 사정이 다르고 생활 방식이 다르기 때문에 어른들도 아이들도 상충점이 있기 마련이다. 하지만 아이가 친구들 틈에 흠뻑 빠진 것을 보면 그 모든 걱정이 다 사라진다. 집에 오는 길이면 늘 아이의 마음을 짐작해본다. 괜히 집에 가면 휙 하고 들이닥칠 적적함 같은 것들 말이다. 그 마음들이 한동안 저녁마다 아이의 마음에 미동을 만들어낼 것이다. 때론 그때의 따사로움이 기억나 달뜨기도 할 것이고, 때론 밀물처럼 빠져나간 자리가 확연히 들어와 평소보다 깊은 쓸쓸함을 느끼기도 할 것이다.

형제가 많아 그런 내 마음을 다 알 턱이 없는 내 부모는 미처 눈치채지 못한 것들을 내가 겪어온 일들이기에 난 고스란히 짐작한다. 결국은 시간의 문제인데 적어도 그 시간이 다할 때까지는, 그리고 새 계절이 움틀 때까지는 집을 좀 부산하게 만들 필요가 있다. 음악도 좋고 마구잡이로 아이의 겨드랑이를 간질이는 것도 좋다. 혼자인 자리엔 빈 우물이 아니라 네게 가장 좋은 친구, 엄마가 들어차 있다고 아이가 잊지 않도록 계속해 손짓해주고 싶다.

한글 떼기

다섯 살 여름의 문턱을 넘고 나니 아이의 학습 의욕이 하루가 다르게 높아졌다. 가르치지 않은 글자들을 어느 틈엔가 읽기 시작했고 보이는 대로 모든 글자를 알려달라고 했다. 유치원이나 도서관에서 받은 단어장을 죄다 펼쳐놓고 하나하나 손으로 짚어가며 읽기에 바빴다. 아이의 눈에 이 세상이 얼마나 신기할까. 까막눈이었던 아이의 세상이 이제 막 열리기 시작하는 순간이니까 말이다.

학습지의 유혹은 때마다 찾아온다. 요즘은 키즈 카페나 소아 전문 병원 등에 가면 그 틈 어딘가에서 꼭 전집이나 학습지를 권하는 분들을 만난다. 나름 뚝심 있게 아이를 키우려고 하지만, 팔랑거리는 귀는 어찌할 수 없어 어느 순간 그들의 말에 귀를 기울인다. 샘플 학습지도 받아보고 약속을 잡아 현관문을 기꺼이 열어주기도 하지만, 결단하고 많은 양의 전집을 사주거나 학습지를 시작하지는 않았다.

뭐라고 하든 내가 아이의 마음에 들려주고 싶은 얘기를 직접 고르고 책을 읽으며 아이가 아는 단어부터 하나씩 찾아가는 재미가 아직은 아이와 내게 최선의 방법이다. 언제까지 내가 생각한 최선만으로 아이를 키울 수 있을까.

어느 날 아이는 유치원에 다녀와 한글 카드를 앞면과 뒷면 뒤집어가며 소리 내 읽더니 "엄마, 우리 반 친구 중에는 나보다 어려운 글자도 더 많이 아는 친구가 있어. 한글을 엄청 많이 알아." 하며 한창 설거지하는 내 옷을 끌어당긴다. "은우도 한글 공부하고 싶어?" 하고 물으니 망설임도 없이 고개를 끄덕인다. '때가 오면, 때가 오면.'이라고 했던 그때가 온 것이다. 그 길로 문방구에 가 작은 칠판과 마카를 사들고 와서는 아이가 궁금해하는 단어들을 하나씩 쓰고 알기 쉽게 그림을 그려가며 통문자로 한글을 가르치기 시작했다. 가르친다기보다 그냥 그리고 논다는 표현이 맞다. 5분도 채 되지 않아 한글 공부는 끝이 나고 결국은 칠판에 엉망진창 그림 그리기 놀이를 하며 마무리되는 게 대부분이었다.

학습지 앞에서 고민하는 기준은 세 가지다. 생각 주머니가 닫히지 않을까, 이르게 공부하는 건 아닐까, 오래할 수 있을까. 아직까지 이 세 가지 기준이 모두 염려되지 않는 학습지를 만나지 못해 팔랑귀 엄마는 여전히 갈등하고 헤맨다.

아이와 함께 마트에 갔다가 내가 아주 어릴 적에 한 번인가 해본 학습지를 홍보하는 영업 사원을 만나고는 또 주섬주섬 그 자리에 앉아 어디선가 한 번쯤 들어봤을 법한 말들에 귀를 기울였다. 아이의 마음을 사는 게 뭣보단 중요하다는 것을 아는 그분은 나보다 아이에게 더 많은 관심을 가졌다. 아이 앞에 학습지 여러 장과 스티커를 펼쳐놓더니 글자를 콕콕 집어 거기에 꼭 맞는 스티커를 붙이고 이러저러한 모양의 선을 따라 그릴 수 있게 유도했다. 꼼짝 않고 앉아서는 흥미를 보이는 아이의 모습에 마음이 동요했지만, 충동적 선택은 금물, 조금 더 따져보고 고민해보기로 하고는 집으로 돌아왔다. 돌아가는 길에 그분은 남은 학습지 몇 장을 아이 손에 더 챙겨줬다. 집에 와 저녁을 먹자마자 아이는 내 옷깃을 잡아끌더니 옆에 앉혀 놓고는 아까 하던 거 마저 하자고 한다. 갈등하지 않을 수 없는 순간이었다. 하지만 내가 보기에 학습지는 그야말로 문제지와 같은 꼴을 하고 있었고 한 면 가득 꽉 채워진 글과 그림이 조금 답답하게 느껴졌고 원리와 깊이를 깨치기보다 겉핥기식 학습에 불과하다는 생각이 들었다. 교육 전공도 아니고 대학 새내기 시절 아르바이트 삼아 두어 번 중학생 과외를 해본 게 전부인 순전히 얕은 내 생각일 뿐이었다.

갈등이 일 때마다 '아이를 어떻게 키우고 싶었나.' 하고 초심을 생각한다. 많이 알기보단 하나를 알더라도 깊이가 있는 사람이기를 바랐다. 늘 하는 모든 것에 재미를 찾는 아이기를 바랐다. 그러므로 여전히 아직까지 학습지에 대한 결단은 내릴 수 없다. 대신 아이의 손을 잡고 서점에 가 낱권의 한글 학습지 몇 권을 사서 집으로 돌아왔다. 그리고 붙이는 거에 아이는 여전히 흥미를 보인다. 내가 고민하는 사이 아이는 얼추 글자를 깨쳐 눈에 보이는 간판을 마구잡이로 읽는다. 'VIP 안마'를 'VIP 엄마'라고 읽거나 '치과'라는 단어는 아무리 보고 가르쳐줘도 아직은 '치교'라고 읽는다. '대리 운전'을 '대리 위진'이라 읽는 것도 내가 보기엔 마냥 귀엽다. 이대로 한 2년은 아이가 엉망진창으로 글을 계속 읽어도 좋다. 그 소리를 듣는 것만으로도 꼭 안아주고 싶을 만큼 사랑스럽다.

그런데도 아이는 계속해 배우고 자라며 자신의 영역을 넓힐 것이다. 고민하는 사이 아이는 저 혼자 한글을 뚝딱 떼는 식으로 자기만의 레이스를 완주한다. 멈춰서 서성이는 건 어쩌면 나일지도 모른다. 그렇다면 나 또한 머뭇거릴 필요가 없다. 그저 묵묵히 믿으며 가만히 뒤를 밟아주는 수밖에. 아이와 나 사이 머뭇거리는 틈에 우리도 모르는 간극이 생기지 않도록 말이다. 그저 묵묵히 걷는 등을 밀어주기만 하는 것만으로도 아이는 제때에 제 것들을 차곡차곡 쌓아나갈 것이다. 내 모든 고민과 염려가 무색하게.

훈수에 관해

아이를 낳고 얼마 지나지 않아 마련한 아기띠는 등센서가 작동해 눕히자마자 안아달라고 울어대는 아이와 내게 그야말로 신세계를 열어줬다. 제아무리 자그마한 아이라도 세상 빛을 본 녀석의 존재감은 묵직했기에 한 30분 안으면 팔이 뻐근해졌다. 허리에 단단히 동여매기만 하면 두세 시간쯤은 거뜬히 버틸 수 있을 만큼 아기띠의 힘은 대단했다. 덕분에 아이와 나 사이 외출은 잦아졌다. 그도 그럴 것이 태어나 병원을 드나들어야 했던 아이와 내게 아기띠는 어쩌면 때를 살펴 고르고 시기를 맞춰야 하는 선택이 아니라 어쩌면 당장 마련해야 하는 필수품이었을지도 모른다.

고작 내 팔목에서 팔꿈치까지 조금 넘는 작은 아이를 품에 안는 것도 경이로운 일이었지만, 그 작은 아이를 캥거루처럼 품에 쏙 넣고 다니는 것 또한 짜릿하게 가슴 뛰는 일이었다. 당시 아이는 워낙 작았기에 그런 신생아를 아기띠를 이용해 안기 위해서는 아기띠 말고도 몇 가지 부수적 아이템이 필요했다. 육아하는 데 신박한 아이템에 욕심을 부리지 않아 육아는 아이템발이라는 말을 그다지 실감하지 못했다. 하지만 그중 하나를 꼽으라면 주저 말고 세 손가락 안에 꼽는 것 중 하나가 있었다. 아이를 여기에 앉히듯 눕혀 아기띠 안에 쏙 넣으면 머리가 품에 묻히지 않고 제법 다 큰 아이처럼 고개를 드는 이 아이템 덕분에 아기띠에 폭 싸일 만큼 작은 아이를 안고 다닐 수 있었다.

아기띠와 나, 그리고 아이가 어느 정도 몸에 익어 손발이 잘 맞는 복식조가 됐을 무렵 짧은 봄나들이를 마치고 아이와 택시를 타고 집으로 귀가할 때였다. 룸미러로 힐끗 나를 보던 내 아버지 연배 정도의 기사님이 먼저 말을 걸어왔다. "거, 애기가 얼마나 됐어요?" 한눈에 봐도 기사님은 아이와 내게 승객으로서 꽤 호감을 갖는 듯 서글서글해 보였기에 난 기꺼운 마음으로 "60일 정도 됐어요." 하고 답했다. 그러자 기사님은 여전히 싱글싱글 웃는 얼굴을 하고는 농담인지 진담인지 모르겠는 소리로 "젊은 애 엄마가 생각이 없네. 그렇게 어린 애를 데리고 외출해?" 하는 게 아닌가. 뾰족하게 받아칠 말이 떠오르지 않아 "하하, 네." 하고는 말끝을 흐리는 것으로 대답을 대신했지만, 택시에서 내리고 나서도 불편한 마음이 꽤 오래 가시지 않았다. 뭐랄까 얼결에 머리를 한 대 맞았는데 왜 그랬냐고 따져 묻지도 못한 심정이랄까. 60일 남짓 된 아이와 택시를 타고 부득이 외출해야 할 이유는 손에 꼽을 수도 없을 정도로 많다. 바야흐로 한창 봄으로 향했기 때문에 그러지 못할 이유가 전혀 없었는데도 택시 기사님은 우리 모녀를 딸 혹은 손녀를 보는 듯한 마음에 훈수 한 자락을 두고 싶었을지도 모른다.

아이와 외출하며 듣는 갖은 훈수는 여기서 멈추지 않았다. 뙤약볕이 내리쬐는 한여름 횡단보도에 서서 신호를 기다리면 누군가가 와서 "아이고, 애기 양말을 안 신겼네." 하며 조막 만한 아이의 발을 한 번 휙 훔치고 가고, 또 어느 초가을 날 밀폐된 찻간에 아이와 서는 날이면 또 한 무리의 어머니들이 "애가 덥겠네. 양말 좀 벗겨줘." 하신다.

대학 시절에 교양 과목으로 발달 심리학이라는 과목을 수강했다. 성적이 잘 나오기로 유명한 그 강의를 한 학기 수강하면서 머릿속에 아직도 생생히 남는 것은 "나중에 애기 낳아 애기가 울거든 양말부터 벗겨보라."는 거였다. 책에 나온 얘기가 아니라 순전히 교수님의 경험이었다. 아마도 아이를 낳고 나서 어디선가 그 교수님을 만났다면 그분 역시 길에서 무수히 만나 얘기를 보태는 어른들처럼 말씀하셨을 것이다. 경험치가 있는 어른들 말씀은 분명 귀를 기울일 만한 가치가 있다. 그렇게 우리 세대를 키운 지혜일 테니.

그런데도 이따금 한마디씩 보태는 그 말씀들이 젊은 우리 세대 엄마들에게는 무겁게 느껴진다. 지금 내 아이를 가장 잘 아는 건 누구보다 품에 아이를 안은 엄마일 것이다. 누구나 처음인 과정을 겪고 있기에 서툴고 헤맬 수도 있지만, 누구보다 아이의 입장에서 고민하는 이 역시 엄마일 것이다. 한마디씩 더하는 무게가 무거울 때도 있지만, 그래도 내 아이에게 한 번이라도 더 관심을 가져주고 예쁘다고 고운 눈짓을 주면 그 모든 말이 잔소리보단 고마운 응원같이 느껴진다. 그래도 바라건대 지침보단 격려를, 평가보단 덕담을 해주신다면 아이와 나 둘뿐인 고단한 육아 속에 지치지 않고 걸을 수 있는 동력이 될 것 같다. 그래도 잠이 든 아이를 둘러업고 갈 때 짐을 들어주겠다고 나서는 이도, 버스를 타면 애 엄마 이리로 오라고 가장 먼저 손짓해주는 이도 모두 그 한 자락 훈수 두시는 어른들이었다. 당신들의 경험을 되새기는 듯한 아련한 눈빛으로. 그렇게 우리도 지금의 어른이 됐겠지. 당신들의 손과 말과 마음이 더해져.

○ 에필로그

다시 태어나도 엄마 딸 할래요

다시태어

나크임마

뜩ㅏㅅ할래요

263
그 분홍 노을

산다 | 초보 육아자
그 분홍 노을

초판 1쇄 발행 2019년 9월 9일

지은이   신량

편집   김유정
디자인   문유진

펴낸이   김유정
펴낸곳   yeondoo
등록   2017년 5월 22일 제300-2017-69호
주소   서울시 종로구 자하문로 115-18 201호
팩스   02-6338-7580
메일   11lily@daum.net

ISBN   979-11-961967-6-9 03810

이 도서의 국립중앙도서관 출판예정도서목록(CIP)은 서지정보유통
지원시스템 홈페이지(http://seoji.nl.go.kr)와 국가자료공동목록시
스템(http://www.nl.go.kr/kolisnet)에서 이용하실 수 있습니다.
(CIP제어번호:CIP2019024233)